W0376587

JOSH WEIL

Herdentiere

JOSH WEIL

Herdentiere

Eine amerikanische Novelle

Deutsch von
Stephan Kleiner

DUMONT

›Herdentiere‹ erschien im Original als Teil der Novellensammlung
›Ridge Weather‹ bei Grove/Atlantic, New York.

Copyright © 2009 by Josh Weil
Published by arrangement with Grove/Atlantic, Inc.,
New York, NY, USA.

Erste Auflage 2010
© 2010 für die deutsche Ausgabe: DuMont Buchverlag, Köln
Alle Rechte vorbehalten
Übersetzung: Stephan Kleiner
Umschlag: Zero, München
Satz: Angelika Kudella, Köln
Gesetzt aus der Stempel Garamond
Gedruckt auf säurefreiem und chlorfrei gebleichtem Papier
Druck und Verarbeitung: CPI – Clausen & Bosse, Leck
Printed in Germany
ISBN 978-3-8321-9579-3

www.dumont-buchverlag.de

Am Ende waren es die Heuballen. Die Männer und Frauen, die Osby nur flüchtig kannten, die ihm aus vorbeifahrenden Trucks heraus zunickten oder »Hi« sagten, während sie im *Mic-or-Mac* Dosensuppen verglichen, hätten die Veränderung vielleicht gar nicht bemerkt. Aber die wenigen, die ihn etwas besser kannten, hätten merken können, wie der stille Osby noch stiller wurde, wie er die Hände noch häufiger in den Taschen seines Sweatshirts vergrub. Sie hätten es darauf zurückgeführt, dass er seinen Vater vermisste, hätten es für nichts weiter als das Austarieren des Gewichts eines Lebens gehalten, das plötzlich statt zwei Menschen nur noch einen enthielt. Sie hätten sich geirrt.

Die Wahrheit war, dass Osby es selbst nicht verstand. Wie konnte gerolltes totes Gras ihn so verschrecken? Wie konnte es sein, dass ihm schließlich ausgerechnet das – der Anblick dieser verlassenen Ballen auf diesem verlassenen Gemeindeland – die Tränen entlockte? Aber es waren die Ballen. Und hinterher war ihm klar geworden, dass es noch schlimmer kommen würde.

In jenen Wochen, als die Erinnerung an den alten Cortland Caudill sich in den Köpfen der Menschen an die Ränder zurückzog, hätten selbst diejenigen, die sich im Supermarkt zwischen den Regalen an Osby vorbeischoben, die Trauer gespürt, die an ihm herunterhing. Aber wahrscheinlich hätten sie es für normal gehalten. An einem Ort wie Eads County werden die Menschen manchmal so wie Osby. Sie sind über das ganze Tal verstreut, voneinander getrennt durch die alten Gebirgskämme und die dichten Wälder, durch die Holzwände von der Zeit geknickter Hütten und die Ziegelmauern neuer Farmhäuser, durch Schindeln mit abblätternder Farbe und Wände von Wohnwagen, die so dünn sind, dass die Gasrechnung sich verdoppelt, ganz zu schweigen von dem Strom für die glühenden elektrischen Heizöfen, die sich in jedem Wagen abrackern.

* * *

Die First Congregational Church of Harts Run hatte auf Osby immer anziehend gewirkt. Manchmal am frühen Morgen, wenn er auf der Route 33 war, bevor die Sonne die Bergkämme erklommen hatte, fuhr er um die Kurve und sah die Kirche weit vor sich auf der Bergspitze stehen, als hätte Gott den Kalkstein dort als Sockel platziert. Manchmal, aber nur ganz selten –

in seinen achtunddreißig Jahren war es nur ein paar Mal vorgekommen –, ging die Sonne genau in dem Moment auf, in dem Osby um die Ecke gerauscht kam, und die Kirche begann vor seinen Augen aufzuleuchten. In solchen Momenten nahm er einen Schluck Kaffee, drehte das Radio leiser, sodass sich die Musik mit dem Motorengeräusch des Sierra vermischte, und stellte sich vor, dass es sein Scheinwerferlicht und nicht die Sonne war, was die Kirche aus dem Zwielicht hob. Ihm gefiel die Vorstellung, dass die Kirche, wenn er nicht gerade in dem Moment vorbeigekommen wäre, den ganzen Tag im Dunkel gelegen hätte. Das war einer der Gründe dafür – und er war so gut wie jeder andere –, dass er sich entschieden hatte, die Trauerfeier dort abzuhalten.

Am Tag des Gottesdienstes war es ungewöhnlich warm für einen Januar in den Bergen. Als Osby an der Kirche ankam, etwa eine Stunde vor allen anderen, stieß er die Tür des Trucks auf, streckte eine Hand hinaus, die Handfläche in die Luft gereckt, und schaute zum Himmel hinauf; er prüfte die Sonne wie andere Leute den Regen. Drei, vier Grad, dachte er. Wenn es so blieb, dann würden die Weiden schneefrei bleiben, und er würde Heu sparen. Er fragte sich, ob der Erdboden oben auf dem Familienfriedhof etwas getaut wäre, wenn er mit der Beerdigung noch einen Tag gewartet hätte. Kaum, entschied er. Auf Bowmans Ridge war es immer etwas kälter. Selbst an jenen Herbsttagen vor vielen Jahren, als er noch ein Kind gewesen war und sie zum Picknicken dort hochgefahren waren. Früher an jenem Morgen, als er die gefrorene Erdkruste mit einer Axt aufgebrochen hatte, war ihm die Erinnerung gekommen: sein Vater, wie er zitternd an dem alten Apfelbaum vorbei und auf trockenen Blättern zwischen den Gräbern hindurchgegangen war und ein sonniges Plätzchen gesucht hatte, wo sie die Decke ausbreiten konnten.

Jetzt schaltete Osby das Radio ein und saß im Führerhaus des Trucks und wartete darauf, dass der Sprecher den Wetterbericht verlas. Jeden Herbst, so weit er sich zurückerinnern konnte – als er fünf Jahre alt war? Vier? –, war er auf den Apfelbaum geklettert, war auf dessen verdrehten Gliedmaßen herumgekrabbelt und hatte einen schnellen Trommelwirbel aus Obst heruntergeschüttelt. Aus zwanzig Fuß Höhe schaute er seinem Vater zu, wie er unten herumlief, die paar guten Früchte aufsammelte und sie Osbys Mutter brachte. Sie saß in der Sonne, weich und konturlos in in ihrem dicken fliederfarbenen Pullover, die Knie an die Brust gezogen, und blickte ins Tal. Sein Vater hockte sich neben sie und schälte mit seinem Taschenmesser einen Apfel. Er reichte ihr einzelne Stücke. Sie streckte die Hand aus und nahm sie.

Im Jahr vor ihrem Tod war seine Mutter von der

Chemotherapie so geschwächt, dass sie die anstrengende Fahrt zu Bowmans Ridge nicht mehr verkraftete. Also stand Osby allein mit seinem Vater neben dem Lastwagen, und zwischen ihnen rauschte der Wind in den Blättern. Nach einer Weile ging sein Vater mit großen Schritten zu dem Baum, riß einen Apfel ab und kam zurück. Osby hörte, wie er kaute, und sah das grimmige Mahlen seines Kiefers. Als er den halben Apfel gegessen hatte, klappte er das Messer auf und schnitt ein Stück ab. Behutsam nahm Osby es von der ihm hingehaltenen Handfläche entgegen. Sie blickten ins Tal. Osby war zwölf.

Im Führerhaus des Trucks plauderte der Sprecher weiter. Dankbar für den Lärm schüttelte Osby den Kopf und lächelte ein bisschen. Was für ein seltsamer Mann sein Vater doch gewesen war.

Fünf Grad und sonnig, laut dem Radio.

Osby grinste. Er hatte schon vor langer Zeit herausgefunden, dass es oben in den Bergen um die drei Grad kälter war. Er ließ den Blick über den leeren Parkplatz wandern, als hielte er Ausschau nach jemandem, der ihm gratulieren würde. Doch es waren noch nicht einmal die Geräusche von Reifen zu hören, die den geschotterten Weg heraufkamen.

Die Kirche wurde nur zur Hälfte voll, aber der Priester las die Messe dessen ungeachtet so, dass nichts zu wüschen übrig blieb. Manches war völliger Unfug –

wie Cortland bis zum Ende bei seiner Frau geblieben war; wie er bis zu seinen letzten Tagen niemals Gottes Willen hinterfragt hatte. Manches war halb richtig – wie Osbys Vater sein ganzes Leben lang gearbeitet hatte, um die Farm ertragreich zu machen; wie er sich nie in Dinge eingemischt hatte, die ihn nichts angingen; wie er seinen Sohn ganz allein zu einem guten Mann aufgezogen hatte. Und manches traf den Nagel auf den Kopf – wie sehr Cortland seine Kühe geliebt hatte.

Osby fand, dass er es schlechter hätte treffen können. Sein Vater war kein gesprächiger Mann gewesen. Er war kein schlechter Mensch gewesen, nicht einmal ein schlechter Vater. Er war zu niemandem gemein gewesen; nur eben auch zu niemandem besonders nett. Draußen tropfte geschmolzener Schnee von den Mauervorsprüngen der Kirche. Es klang nach Frühling. Osby glaubte seinen Vater vermissen zu müssen, aber er tat es nicht, nicht besonders. Und die Leute in der Kirche, vermutete er, taten es genauso wenig. Sein Vater hatte sich keine große Mühe gegeben, Freundschaften zu schließen.

Osby drehte sich um zu den etwa dreißig Menschen, die meisten von ihnen im Alter seines Vaters. Sie wirkten friedlich. Der Priester hatte die eine Sache nicht erwähnt, die sie alle in Unruhe versetzt hätte, hatte sie nicht einmal angedeutet, indem er Osby sein besonderes Beileid aussprach. Damit gab es nicht viel in dem Raum, was der Aufregung wert gewesen wäre. Sonnenlicht strömte durch die Fenster, warm, wie es nur starker Sonnenschein durch Glas an einem Winternachmittag sein kann. Drinnen, schätzte Osby, waren es angenehme zwanzig, einundzwanzig Grad.

Am Ende fragte der Priester, ob jemand etwas sagen wollte, und alle Menschen in der Kirche sahen Osby an. Er wünschte, sie würden einfach wieder nach draußen gehen und zufrieden in der Sonne sitzen. Der Priester klappte die Bibel ganz sachte zu und sah Osby mit einem Lächeln ganz direkt an. Osby erwiderte das Lächeln, hatte aber sofort das Gefühl, dass das ein Fehler war. Er schielte hinüber zu Carl, der weiter hinten in derselben Reihe saß, und zu Lynne und den beiden Jungs neben ihm. Carl kratzte sich seinen frisch gestutzten Bart, was seine Wangen schlackern ließ, und warf seinerseits einen kurzen Blick zu Osby herüber. Osby kannte diesen Blick: In ihm lag die Besorgnis, die seinen Freund überkam, wenn Carl bemerkte, dass Osby vorhatte, etwas zu sagen.

Osby galt nicht als der klügste Mann in Eads County. Allerdings kannte ihn auch niemand, noch nicht einmal Carl, gut genug, um zu sehen, dass er so weit auch nicht davon entfernt war. Sein Problem war, dass die Leute nur hören konnten, was er sagte, und nicht, was er dachte. Wenn die Wörter ihn verließen, dann klangen sie fast immer anders als das, was er eigentlich hatte sagen wollen; und selbst, wenn sie so herauskamen wie geplant, dann drückten sie meistens nur das Ende eines längeren Gedankenganges aus. Wenn man nicht den Weg kannte, der ihn dorthin geführt hatte, dann klang das Ergebnis meistens unverständlich. Im Laufe der Jahre war er dessen überdrüssig geworden, also sagte er inzwischen kaum noch irgendetwas zu irgendwem.

Langsam stand Osby auf, er nahm sich alle Zeit der Welt und ließ das Ächzen und Knirschen der Kirchenbank die Stille erfüllen. Einen Augenblick lang stand er da und blickte auf seine rissigen roten Hände, die die Lehne der Bank vor ihm umschlossen. Er überlegte, was sein Vater jetzt wohl gern von ihm gehört hätte, überlegte,was Cortland Caudill wohl selbst an seiner Stelle gesagt hätte, und als ihm nichts einfiel, versuchte er sich einfach etwas Gutes an seinem Vater ins Gedächtnis zu rufen. Aber es kam nicht eine Erinnerung, sondern eine ganze Reihe: wie sein Vater Namen für die neuen Kälber ausprobierte, während er unter dem Kipplaster lag und daran herumschraubte oder während er die gespendeten Kleidungsstücke in der Mission von Ripplemead durchstöberte, oder wie er beim Jagen die Beute verscheuchte, indem er potentielle Kälbernamen – »Woodrow?«, »Loyd?«, »Skeeter?« – von seinem Hochsitz zu dem von Osby herüberrief. Jahrelang war das so gegangen, so lange Osby zurückdenken konnte. Er wusste, dass es noch andere Dinge gegeben hatte, die seinen Vater glücklich machten, aber sie fielen ihm nicht ein.

»Also«, sagte er schließlich, »Dad hat immer viel Freude an seinen Rindern gehabt. Wenn das Kalb mal einen Namen bekommen hatte, dann hieß es auch so. Färsen, Kühe, Bullen – er hat ihnen allen Namen gegeben, als wären sie Milchkühe. Ich kenn sonst keinen, der das so macht. Ich glaube, er hat auch nie zweimal den gleichen Namen genommen. In den ganzen Jahren nicht.« Erst als Osby das aussprach, fiel ihm auf, wie unglaublich es eigentlich war. »Wir haben Kühe, die schon acht, neun Jahre kalben. Schätze, die werden ihn vermissen.« Er glaubte, sein Vater hätte gewollt, dass er es dabei beließ, aber es fühlte sich noch nicht ganz richtig an, also sagte Osby: »Schätze, wir alle werden das.«

Als sie an der matschigen Jeepspur angekommen waren, die hoch zur Bowmans Ridge führte, zogen sie den Sarg aus dem Leichenwagen und wuchteten ihn auf Osbys Pick-up. Die, die mit PKWs gekommen waren, ließen sie am Rand der 247 stehen und drängten sich in den Trucks zusammen. Auf dem Friedhof der Caudills war es windig, und es war kälter, genau wie Osby es vorhergesehen hatte. Sie brauchten nicht lange, um Cortland unter die Erde zu bringen. Alle waren froh, wieder in die Trucks klettern zu können und in einem Convoy für ein spätes Abendessen im *Buttercup* nach Pembroke zu fahren.

Als sie mit dem Essen fertig waren und zurückfuhren, neigte sich der Tag dem Ende zu, und Osby begann die Traurigkeit zu spüren, die sich nach einem bedeutenden Ereignis einstellt, einfach nur, weil es vorbei ist. Er hatte seinen Schlips in die Hemdtasche gesteckt und fühlte ihn jetzt als Klumpen an seiner Brust, während er hinter Carl herfuhr und ihm wiederum ein paar andere Lastwagen und PKWs folgten, die sich mit den Bodenwellen hoben und senkten.

Als sie sich Harts Run näherten, bogen die Fahrzeuge eins nach dem anderen in Seitenstraßen ab und hinterließen Staubwolken, wo der Schotter auf die 33 flog. Als er an *Alva's Store* vorbeifuhr, bog das letzte Auto hinter ihm zu den Zapfsäulen ab. Die Straße, die in seinem Rückspiegel plötzlich ganz leer hinter ihm lag, schien sich nach hinten auszudehnen. Nach ein paar weiteren Kilometern leuchteten die Rücklichter von Carls Laster auf, und der fleischige Arm seines Freundes ragte aus dem Fenster, die Hand lässig geöffnet. Osby hob ein paar Finger vom Lenkrad und schaute dem schlammbespritzten Ford hinterher, der in die 288 abbog. Jetzt lag nichts mehr vor seiner Windschutzscheibe als das weite Tal und das lange schwarze Asphaltband, das es durchschnitt. Tja, dachte Osby, das war es also.

Er beschloss, vor dem Heimweg noch nach den fünf kleinen Herden zu schauen, die sie hatten. Die ich habe, berichtigte er sich innerlich. Er fuhr durch die verbliebenen Sonnenflecken und die kalten Schatten, die unvermittelt hinter den Bergen auftauchten, und begann mit der am weitesten entfernten Herde, auf dem Feld, das sein Dad – und nun er – von Sheldon Ballard gemietet hatte und das an das Gemeindeland grenzte. Der Boden gefror schon wieder, und der Truck schaukelte ruckelnd über die Weide. Die über den Berg verstreuten Rinder drehten sich alle gleichzeitig dem Motorengeräusch zu, wie ein Vogelschwarm, der sich auf ein geheimes Signal hin geschlossen in die Lüfte erhebt. Osby stieg aus und versteckte seinen massigen Hals etwas tiefer im Kragen. Es wurde rasch kälter. Die Sonne trug ihr tiefstes Orange, bald würde sie sich rot färben. Für Osby sah das immer so aus, als müsse sie gerade dann am wärmsten scheinen, und es erschien ihm wie ein gewaltiges Versehen, ein Versagen von irgendwem, irgendwo, dass das Licht keinerlei Wärme spendete. Er betrachtete die Kühe, während die Schatten aus den Bodensenken krochen und die Herde umschlossen. Er hatte nur etwa ein Viertel seiner Rinder auf diesem Feld stehen: achtundzwanzig rotbraune Kühe, von denen vier schon gekalbt hatten. Größtenteils waren es Angus-Limousin-Rinder, ein paar von ihnen mit Hereford gekreuzt. Färsen waren nicht dabei; die Färsen standen auf den zwei dem Haus am nächsten gelegenen Feldern, damit er sie im Auge behalten konnte. Sein Vater und er zogen die Bullen alle selbst auf. Zu dieser Herde gehörte auch ein zweijähriger Black Angus. Am Rand der Herde konnte Osby ein frisch geworfenes Kalb ausmachen, das am Euter der Mutter saugte. Sie war eine gute Kuh, die ihnen acht oder neun Kälber geschenkt hatte – diese breiten Limousin-Hüften –, und er versuchte sich zu erinnern, wie sein Vater sie gerufen hätte. Der Name fiel ihm nicht ein. Er suchte den Rest der Herde nach Anzeichen für Kompaktion und schadhafte Hufe ab und kontrollierte, ob alle Kälber da waren. Bei einigen der Kühe konnte man sackartige Vergrößerungen unter den Schwänzen erkennen, und er sah zu, wie sie ihre Beine unter den geschwollenen Bäuchen bewegten. Eine oder zwei sahen aus, als könnten sie jeden Augenblick werfen, aber sie waren Profis. Die Bahn Heu, die er am Morgen ausgebreitet hatte, lag immer noch im Sonnenlicht. Es sah alles gut aus. Es sah alles unverändert aus.

Als er nach Hause kam, war es vollends dunkel. Der Mond war noch nicht aufgegangen. In seinem Haus brannte kein Licht. Als er langsam an der Ausfahrt vorbeifuhr, wünschte er sich, es gäbe noch eine weitere Weide, die er kontrollieren könnte, oder irgendetwas, das er in der Stadt zu erledigen hätte. Vielleicht würde er zu Carl hinüberfahren, nur um Hallo zu sagen; es war Jahre her, dass sie zum letzten Mal hinten auf Carls Veranda gesessen, Bier getrunken und für Carls Vogelhunde Stöckchen geworfen hatten. Als er um die Kurve fuhr, entrissen seine Scheinwerfer den Briefkasten des Old House der Nacht. Er war gegen den riesigen Kastanienbaum gesackt, und die Buchstaben, die seine Großmutter sorgfältig daraufgemalt hatte, waren halb verschwunden; *Di Ca ills*, stand nun da. Sein Brustkorb fühlte sich plötzlich zu eng an für all das, was dort hineinpassen musste. Langsam fuhr er den Schotterweg hinauf. Ein paar Meter weiter blieb er stehen. Unter ihm schlummerte der Truck im Leerlauf. Gras und Unkraut waren zwischen den Reifenspuren emporgesprossen, und die Regengüsse des letzten Frühjahrs hatten die Auffahrt zerfurcht. Oben auf dem Hügel, außerhalb der Reichweite seiner Scheinwerfer, zeichnete sich das Haus schwarz gegen die Sterne ab, ein Loch im Himmel. Sein Heim, das neuere Haus, das er gemeinsam mit seinem Vater bewohnt hatte, war vor beinahe einem Jahrhundert erbaut worden, aber die ursprüngliche Heimstatt der Familie, das Old House, war doppelt so alt; die Wände des Wohnzimmers bestanden noch aus Rundhölzern von der Blockhütte der alten Pioniere. Nachdem seine Großmutter gestorben war, hatte sein Vater das Haus als Lagerraum benutzt: für Säcke mit Dünger, Autobatterien, Medizin für die Tiere.

Osby schaltete das Fernlicht ein. Die Fenster, in denen noch Scheiben waren, blinkten auf. Er hatte das Haus seit dem Tag nicht mehr betreten, an dem er seinen Vater gefunden hatte. Er konnte den glitzernden Umriss von Cortlands Pick-up erkennen, der am oberen Ende der Auffahrt parkte. Die Vordertür des Hauses stand noch offen. Er hatte vergesen, sie zu schließen. Oder die Sanitäter hatten es vergessen. Oder die Polizisten. Sie waren gekommen, um sich umzusehen. Es hatte nicht viel zu deuten gegeben. Osby sagte ihnen, sie sollten alles lassen, wie es war, er wolle selbst aufräumen. Es würde ihm helfen, mit der Sache abzuschließen, sagte er, damit zu Rande zu kommen. Als die Nachbarn anboten, ihm unter die Arme zu greifen, sagte er ihnen, er habe schon geschrubbt und gefegt und verbrannt, was verbrannt werden musste. In Wahrheit hatte er nichts angerührt. Der Gedanke daran, das Haus wieder zu betreten, weichte seine Eingeweide auf.

Der Lastwagen stotterte, und er gab ein wenig Gas, schüttelte eine Zigarette aus dem Päckchen Winstons, und dann saß er da und rauchte. Er wusste, dass er dort hinaufgehen und diese Tür schließen sollte.

Als Osbys Mutter gestorben war, hatte sein Vater nicht zugelassen, dass jemand ihnen dabei half, die Leiche zum Bestattungsinstitut zu transportieren. Sie hatten sie in Betttücher gewickelt und die Treppe hinuntergetragen. Sein Vater packte sie unter den Armen, Osby hielt ihre kalten Knöchel umklammert. Sie roch nach altem Kohl. Ihr Körper sackte durch, schwer wie nasser Sand. Seine dünnen, zwölfjährigen Unterarme spannten sich an, und er musste sich sehr anstrengen, um seine Finger um ihre Beine geschlossen zu halten. Auf halber Treppe ließ er sie fallen. Ihre Fersen schlugen auf der harten Holzstufe auf, und er dachte daran, wie weh das getan hätte, wenn sie noch am Leben gewesen wäre. Draußen wuchteten sie sie in den Truck und fuhren in die Stadt. Sein Vater hatte nicht einmal zugelassen, dass sich die Leute nach der Beerdigung in ihrem Haus versammelten. Die Kasserollen und Kuchen, die sie brachten, hatte er abgelehnt.

Den Samstag darauf hatte Osby ihm beim Ausschachten geholfen, und sie hatten in der Schaufel des Bulldozers gesessen, vor dem kalten Wind geschützt, und eine Thermoskanne mit dampfendem Kaffee hin- und hergereicht. »Ich lass die bestimmt nicht durchs Haus latschen«, hatte sein Vater gesagt. »Alles nur Show.« Und eine Woche später, während er in der Küche mit der Spitze eines Messers Schrotkugeln aus einem Hasen gepult hatte: »Wenn ich dran bin, will ich keinen großen Wirbel. Ich will nicht, dass die alle hier rumlaufen, die Auffahrt verschandeln und im Old House rumschnüffeln. Grab einfach ein Loch und schmeiß mich rein.«

Als er die Zigarette geraucht hatte, kurbelte Osby das Fenster hinunter, warf den Stummel hinaus, trat auf die Kupplung und legte den ersten Gang ein. Hinter dem Old House verschluckte Bowmans Ridge den unteren Rand des Himmels, schwarz und massiv. Nach einer Weile fing sein linker Wadenmuskel an zu zucken. Er schaltete in den Rückwärtsgang, setzte auf die Straße zurück und fuhr nach Hause.

Die Stille schluckte den Knall der Fahrertür fast im selben Augenblick, als er sie hinter sich zufallen ließ. Er konnte die Tiere der Nacht hören, wie sie sich bewegten, kleine Vögel, Opossums, Eichhörnchen, die in den getrockneten Blättern Geräusche machten, die zu laut für sie waren. Sie verstummten, als seine Füße auf dem Weg vom Truck zur Veranda ihre eigenen Geräusche machten.

Drinnen war das Haus ausgekühlt. Osby stapfte in die Küche, öffnete die Esse des Holzofens, stocherte in den übrig gebliebenen Kohlen herum und beobachtete, wie sie sich am Luftzug nährten. Als sie glühten, legte er ein paar Holzscheite darauf, die die ganze Nacht hindurch brennen würden; er wartete, bis sie Feuer fingen, dann schloss er den Ofen und ließ ihn seine Arbeit tun. Er betrachtete die etwa zwanzig Dosen, die auf der Küchentheke standen. Sein Vater und er hatten sich nie die Mühe gemacht, die Suppen in die Speisekammer zu räumen. Die war für Dinge da, die sie aus einer Laune heraus gekauft und dann nie wieder angefasst hatten, Dinge wie Kuchenbackmischungen oder Knoblauchzehen, Dinge, die das benötigten, was Osby und sein Vater »größere Vorbereitungen« nannten. Dosen mit Suppe, Bohnen oder Cranberry-Soße, Gläser mit Essiggurken: Das waren die nützlichen Dinge, die gleich auf der Theke blieben, wo sie in Reichweite waren.

Osby wählte eine Dose mit Hühnchen und Klößen und schüttelte kurz den Kopf, als sein Blick auf all die Dosen mit Muschelsuppe fiel. Sein Vater hatte die geliebt. Osby konnte sie nicht ausstehen. Und jetzt war er auf einem Dutzend Dosen sitzengeblieben. Er spülte einen Kochtopf unter dem Wasserhahn ab, wobei er mit dem Daumen den größten Teil der verkrusteten Suppe vom Vorabend wegrubbelte, warf das Hühnchen und die Klöße von heute hinein, entzündete den Gasherd mit einem Streichholz und holte die Suppenteller und Löffel aus dem Schrank.

Die Küche war zum Wohnzimmer hin offen, und Osby ging rüber, schaltete den Fernseher an und schaute den Wetterbericht, während er sein Hemd aufknöpfte und die Arme aus den Ärmeln zog. Er wollte sein gutes Hemd nicht mit seinen restlichen Kleidern auf den Boden werfen, und so hielt er es in einer Hand, während er Schuhe und Hose auszog und sie zusammengeknüllt unter dem anderen Arm hielt, wobei er der Wettervorhersage für den nächsten Tag lauschte. Es gab eine kleine Wahrscheinlichkeit für Schnee.

»Hoffentlich nicht vor dem Nachmittag«, sagte Osby laut ins leere Haus hinein und kam sich sofort albern vor. Als er den Topf Suppe spucken hörte, hastete er zurück in die Küche, warf seine Kleidung auf die Theke und schüttete Hühnchen und Klöße in einen Suppenteller. Einen Moment lang stand er da und starrte verblüfft den zweiten Teller an. Er konnte sich nicht erinnern, zwei herausgenommen zu haben. Er räumte den zweiten Teller und den zweiten Löffel weg und trug seine Suppe ins Wohnzimmer, um weiter die Lokalnachrichten anzuschauen. Es war immer noch kalt im Haus – die Wärme des Holzofens schaffte es eigentlich nie ganz bis ins Wohnzimmer –, und er schaltete den elektrischen Heizofen ein, zog ihn nah an die Couch heran und saß da, in Unterwäsche und T-Shirt und den braunen Socken, die an seinen Füßen so komisch aussahen, und schlürfte seine Suppe, während die Wärme des Elektroofens seine Haut kitzelte.

Etwa eine Stunde später, als zwischen zwei Sitcoms Werbung lief, warf er einen Blick zur Seite, um zu sehen, ob sein Vater schon eingeschlafen war. Natürlich war die andere Seite der abgenutzten bräunlich-orangen Couch leer. Als er es sah, versuchte er zu erspüren, ob er den alten Mann vermisste. Er wusste es nicht. Er legte sich hin und streckte die Beine über die gesamte

Länge der Couch aus. Es fühlte sich schon seltsam an, das zu tun. Er versuchte sich seinen Dad vorzustellen, wie er dort saß, wo jetzt seine Füße lagen. Es hätte eigentlich einfach sein müssen; immerhin hatte Cortland nahezu jeden Abend dort gesessen, um schließlich irgendwann einzunicken, seit Osby ein Kind gewesen war. Aber er sah ihn nicht vor sich. Als er sich wieder zum Fernseher drehte, glaubte er das Gesicht seines Vaters zu sehen, das durchs Fenster zu ihm hereinsah; aber nicht so, wie er im Leben ausgesehen hatte, sondern so, wie Osby ihn vor drei Tagen im Old House gefunden hatte: sein Unterkiefer und die halbe rechte Wange weggerissen, ein Auge in der Höhle explodiert.

Osby zwang sich, ruhig sitzen zu bleiben und aus dem Fenster zu schauen, wo er nichts sah als sein eigenes Spiegelbild, bis sein Herzschlag sich wieder normalisiert hatte. Dann löffelte er den letzten Rest Suppe aus, seufzte und trug den Teller zum Waschbecken. Als er klirrend gegen das übrige Geschirr stieß, überkam ihn der Impuls, alles abzuspülen, die Arbeitsplatten zu säubern, im ganzen Haus aufzuräumen. Er ließ Wasser ins Waschbecken laufen und sah zu, wie der Dampf aus dem Seifenschaum quoll.

Durch das Fenster konnte er hin und wieder Scheinwerfer sehen, die ein paar Meilen weiter unten im Tal über die Route 33 streiften. Auch wenn die Fahrzeuge außer Sichtweite waren, konnte er immer noch eine

Weile lang ihren Weg anhand des fahlen gelben Scheins am Berghang verfolgen. Er fragte sich, ob er nun einsam sein würde. Er wusste eigentlich nicht, warum es so sein sollte; sein Vater war ohnehin nie besonders gesellig gewesen. Er glaubte nicht, dass er einsam *war*.

Er schrubbte an einer Schüssel herum – er hatte noch keinen einzigen Teller gespült – und verbrachte die nächsten Minuten damit, an getrockneten, halb verbrannten Reiskörnern herumzukratzen, die an einem Topf festgebacken waren. Als er damit fertig war, entschied er, dass er wohl doch nur einsam war. Vielleicht vermisste er sogar seinen Dad. Das wäre doch nur normal. Aber er verspürte nicht den Wunsch, jemanden anzurufen oder die halbe Stunde Fahrt nach Pembroke auf sich zu nehmen, um im *Ten Points* etwas zu trinken und eine Runde Billard zu spielen. Er hatte keine Lust, Carl zu besuchen. Selbst der Fernseher ging ihm auf die Nerven. Er ging ins Wohnzimmer und stellte ihn ab, wobei er Schaum auf dem Knopf hinterließ. Zurück am Waschbecken steckte er die Hände ins Wasser. Es war nicht mehr warm. Er ließ noch etwas heißes Wasser einlaufen, hörte zu, wie es ins Waschbecken rauschte, und beobachtete ein weiteres Paar Scheinwerfer in der Ferne. Er fragte sich, wer das da draußen war; ob es jemand war, den er kannte, oder nicht.

Es spielte eigentlich keine Rolle.

Er starrte den beinahe sauberen Topf in seiner Hand

an. Der Reis, den er weggeschrubbt hatte – sein Vater hatte diesen Reis gekocht; sein Vater hatte die Hälfte davon gegessen.

Er fragte sich, wie lange es dauern würde, bis er aufhörte, an seinen Vater zu denken. In gewisser Weise hatte er das schon. Er fagte sich, wie lange die Leute sich an ihn erinnern würden, wenn er jetzt hinüber ins Old House ging und sich den Kopf wegschoss. Nicht lange, dachte er.

»Ja«, sagte er laut. »Ich bin wohl einfach einsam.«

* * *

Osby war schon eine halbe Stunde vor Sonnenaufgang draußen und lief zügig durch die kalte Luft, die noch über den Feldern hing; nicht das kleinste Flüstern des Windes legte sich über das Schrappen seiner Jeans. Der Mond war verschwunden, aber die Sterne durchlöcherten immer noch den Nachthimmel. Er hatte seinen Arbeitsmantel fest geschlossen und die Kappe mit dem Tarnmuster tief in die Stirn gezogen, aber Ohren und Nase brannten immer noch vor Kälte und sein ganzes aufgequollenes Gesicht war taub. Der Strahl der Taschenlampe wusch die Dunkelheit vor ihm aus dem Gras und schob sie durch die Lücken zwischen den Zaunpfählen. Er öffnete das Tor und schloss es scheppernd hinter sich. Die Augen der Kühe reflektierten das Licht der Taschenlampe wie Hunderte von Glassplittern auf dem tiefschwarzen Feld. Ächzen. Muhen. Hufgetrommel. Er schwenkte den Lichtstrahl über jede einzelne Kuh, inspizierte Felle, Schnauzen, Hufe und Kälber, die an Eutern saugten. Er sah nichts Auffälliges. Es schien alles in Ordnung zu sein. Er kehrte zur Herde auf der Weide zurück, während der Himmel sich blau verfärbte. Die Kühe hoben sich immer noch dunkel von dem etwas weniger dunklen Feld ab, große Brocken Leben, die sich ab und zu bewegten.

Als die Sonne den Gebirgskamm erklomm, war Carl Veltre schon seit drei Stunden auf den Beinen. Er hatte die Holsteiner gemolken, bevor Lynne aufwachte, die Melkhütte gereinigt, während die Kinder frühstückten, und war mit dem Schulbus genau in dem Moment ans Haus herangefahren, als Lynne den beiden Jungen die Lunchpakete in die Hand drückte und sie die Einfahrt hinunterschickte. In den vergangenen vierzig Minuten hatte er den Schulbus vorsichtig über kurvige Seitenstraßen gelenkt, hatte förmlich auf dem Gaspedal gestanden, um den Bus dazu zu bringen, die steilen Berge hinaufzuklettern, hatte an den unmöglichsten Stellen angehalten – an unübersichtlichen Kurven ganz am unteren Ende langer Steilhänge –, um Schulkinder im Alter von fünf bis neunzehn Jahren aufzusammeln, einer Altersspanne, welche die größtmögliche Bandbreite an Missetaten hervorbrachte, wie es Carl an Morgenden wie diesem schien.

»Hey, alle mal herhören«, rief er in Richtung des länglichen Spiegels, in dem nahezu der gesamte Innenraum des Busses zu sehen war. »Wer auch immer das geworfen hat, was ich von irgendwo da hinten habe fliegen sehen – grinst du mich an? – Wer auch immer das war, sollte lieber nicht grinsen und es auch lieber nicht noch mal machen.«

Er drückte seine Handfläche gegen die Windschutzscheibe und vergrößerte langsam den freien Fleck auf dem beschlagenen Glas. Gestern hatte die Scheibenheizung funktioniert, gestern, als er sie nicht gebraucht hatte. Das Erziehungsministerium von Virginia, dachte er, war vermutlich kurz davor zu entscheiden, dass zu Koliken neigende Einjährige und geschiedene, depressive Dogenabhängige mittleren Alters, die auf Staatskosten lebten, ins Schulsystem von Eads County aufgenommen wurden.

»Wie wär's«, rief er dem gesamten Bus zu, »wenn alle mal versuchen, 'ne Minute stillzusitzen und die Klappe zu halten?«

Sein Magen begann zu knurren. Er legte sich das Speck-Schinken-Sandwich auf den Schoß und wickelte es mit einer Hand aus der Frischhaltefolie; zwischendurch musste immer wieder schalten. Eben wollte er seine beiden Jungs fragen, die direkt hinter ihm saßen, was ihre Mutter ihnen zum Frühstück gemacht hatte (es war eine Frage, die er jeden Morgen stellte, aus einer unzureichend kaschierten Sehnsucht nach Zuneigung heraus), als er im jungen Sonnenlicht einen Mann am Straßenrand stehen sah; er hatte einen Arm ausgestreckt, wie jemand, der versucht, ein Fahrzeug anzuhalten.

»Dad«, sagte Luke, sein Jüngster, neben seinem rechten Ohr.

»Ich sehe ihn.«

»O Gott«, stöhnte Brian. Brian war zwölf, und ihm war alles peinlich. Dass Carl ihn nach vorn neben seinen Bruder setzte, hatte ihn fast umgebracht. Damit klarzukommen, dass sein Vater den Schulbus fuhr, war schwer genug, aber wenn, was hin und wieder vorkam, Osby Caudill (der von all den Verlierern, die sein Vater als Freunde hatte, der größte war) zustieg, um ein Schwätzchen zu halten, konnte Brian sich nicht mehr beherrschen: »Kannst du nicht so tun, als hättest du ihn nicht gesehen?«

»Nein«, sagte Carl in einem Ton, von dem er wusste, dass er Brian verstummen lassen würde. »Das kann ich nicht.«

Doch er wünschte, besonders an diesem Morgen, dass er es gekonnt hätte.

Es war nicht so, dass er Osby nicht mochte; er mochte ihn gern. Sie waren seit der High School befreundet, seit mehr als zwanzig Jahren. Vielleicht war das auch das Problem. All seine anderen Freunde hatte er in den Jahren nach der High School kennengelernt, als er auf Baustellen gearbeitet hatte, oder durch Lynne, oder durch die Schule, auf die Brian und Luke gingen. Osby passte da einfach nicht mehr hinein. Vielleicht, dachte Carl, während er den Bus mit einem Quietschen vor Osbys Haus zum Stehen brachte, hatte er es nie getan. Er war immer schon eher ein Außenseiter gewesen, eine traurige Figur. Lynne nannte ihn einen Trauerkloß. Sie machte deutlich, dass sie ihn lieber nicht zum Abendessen dahaben wollte. »Er sitzt einfach nur da«, sagte sie. »Das ist asozial. Er kommt zu Besuch, und dann isst er einfach nur. Was ist denn das für ein Vorbbild für die Jungs?« Ja, er war immer noch ein guter Jagdgenosse, aber in letzter Zeit – ach, eigentlich die letzten drei, vier Jahre lang – war Carl mehr aus einem Gefühl der Verpflichtung heraus als aus irgendwelchen anderen Gründen mit Osby befreundet gewesen. Mittlerweile hatte Carl Schuldgefühle, wenn sie sich trafen, sodass er begann, Osby mehr und mehr zu meiden – und es missfiel ihm, wenn Osby, so wie jetzt, einfach auftauchte, wie in alten Zeiten.

Außerdem, dachte Carl, was soll ich denn zu ihm *sagen*, gerade jetzt nach dieser Sache mit seinem alten Herrn?

Osby winkte zaghaft, während der Bus langsamer wurde, und schmunzelte in sich hinein. Er musste an die drei oder vier Jahre nach der High School denken, als er immer, so wie jetzt, in der Auffahrt gestanden und darauf gewartet hatte, dass Carl in dem aufgemotzten silbergrauen Dodge D-100, den sie gemeinsam hergerichtet hatten, die Straße heraufgefahren kam. Er ließ den Motor aufheulen, während Osby einstieg, und dann rauschten sie davon; die Sonne war noch nicht einmal aufgegangen, und zwischen ihnen und der Baustelle lag nichts als anderthalb Stunden freie Straße, die Songs, die aus Carls Radio schmetterten, der frische Kaffee und die Apfelkrapfen, die sie in dem Laden in Harts Run kauften, gute Krapfen, die Alva Linton selbst machte, und gute Gespräche. Sie sprachen über die Frauen in Carls Leben, über die besten Abnehmer für ihre Rinder, darüber, wohin sie am Wochenende gehen würden, um Truthahn zu essen; sie rauchten, sie schrien, um den Wind zu übertönen, der durch die offenen Fenster hereinpeitschte und den Penthouse-Lufterfrischer am Rückspiegel herumwirbeln ließ. Das waren einige der besten Momente in Osbys Leben gewesen – und gutes Geld hatten sie als Bauarbeiter auch verdient. Mit einem Mal war er glücklich; fünfzehn Jahre später konnte er immer noch hier herunterkommen, in der Auffahrt warten und zu Carl hineinhüpfen, um zu reden. Auch wenn es jetzt ein Schulbus war.

Als Carl anhielt und er einstieg, spürte Osby, wie es mit einem Mal im ganzen Bus still wurde und dreißig Paar Kinderaugen ihn anstarrten.

»Hey«, sagte er zu Carl, während er die Stufen hochstieg.

»Hey.« Carl grinste ihn an. »Bist du in der ersten oder in der zweiten Klasse?«

»Ich weiß nicht«, gab Osby direkt zurück, während er versuchte, ein Lächeln zu unterdrücken. »Mama hat einfach nur gesagt, ich soll in den Bus einsteigen.«

Sie grinsten beide. Es war eine alte Nummer, der Ablauf war jedes Mal derselbe: eingebaute Behaglichkeit. Egal welche Frage Carl stellte – »Hast du dein Pausenbrot eingepackt? Hat dein Papa dich verhauen?« –, Osby anwortete immer: »Ich weiß nicht. Mama hat einfach nur gesagt, ich soll in den Bus einsteigen.« Vor ein paar Jahren hatten sie das zum Totlachen gefunden. Jetzt grinsten sie beide, weil nicht zu grinsen bedeutet hätte, sich etwas einzugestehen, was sich noch keiner der beiden eingestehen wollte.

»Rutscht mal auf die andere Seite, Jungs«, sagte Carl, obwohl sich seine Söhne schon in Bewegung gesetzt hatten.

Osby quetschte sich in die Bank hinter dem Fahrersitz.

Der Kinderlärm begann den Bus wieder zu erfüllen, er breitete sich von hinten nach vorn aus.

Die Sonne malte grelle Lichtblitze auf die Windschutzscheibe. Carl beugte sich vor, als würde er dadurch besser sehen, und aus Gewohnheit beugte sich auch Osby vor. Sie hielten an und sammelten Schulkinder ein und fuhren weiter und hielten an und sammelten noch mehr ein. Osby redete nicht, er betrachtete nur die Kinder, die einstiegen, und nickte ihnen zu. Sie wirkten überrascht, ihn zu sehen; sie schauten ihn auf die Art an, wie sie Erwachsene anschauten. Das fühlte sich für ihn immer noch seltsam an.

Der Bus fuhr um die Kurve an der Bergkuppe und machte sich auf den langen Weg hinunter nach Harts Run; unter den Sitzen bebte es, als Carl in einen niedrigeren Gang schaltete. Sie kamen am alten Schulhaus vorbei, das halb versteckt hinter buschigen Bäumen lag, die auf dem Spielplatz gewachsen waren, wo Osby und Carl vor langer Zeit gespielt hatten. Hier hatten sie sich zum ersten Mal getroffen. Im Alter von fünf, sechs Jahren. Osby erinnerte sich dunkel an einen Traktorreifen; einer von ihnen hatte darauf gesessen und sich an den Ketten festgehalten, an denen der Reifen hing, und den anderen gerufen, um ihn anzuschubsen. Er wusste nicht mehr, wie sie von da an unzertrennlich geworden waren. Aber er erinnerte sich an die Schuldgefühle, die er später gehabt hatte, als seine Mutter gestorben war und er die Schule geschwänzt hatte, um bei der Beerdigung zu helfen, und wie er bei der Trauerfeier die ganze Zeit nur daran gedacht hatte, was Carl wohl gerade machte, und wie er seinen Freund vermisst hatte und nicht sie. Er versuchte durch die Bäume hindurch einen Blick auf den Ort zu erhaschen – viellleicht ein paar rostige Stangen, eine Kette, die sich von dem gelöst hatte, was sie einmal festgehalten hatte, und jetzt lose herumbaumelte –, aber die Zeit reichte kaum, um die Ziegel hinter dem Geflecht brauner Reben und die hohen Fenster mit den fehlenden Scheiben auszumachen, bevor er hinter ihnen lag und vom Berg verschlungen wurde.

»Willst du 'n Stück?«, fragte Carl. Er hielt das fettige Sandwich neben seinen Kopf.

Osby glaubte, eine Spur von Verdruss in seiner Stimme zu hören, aber er nahm an, dass Carl nur nicht einen Teil seines Frühstücks opfern wollte. »Nein, iss nur«, sagte er.

Das war für eine Weile alles. Osby saß da und schaute auf Carls fettige Haare und den tief zerfurchten Nacken vor sich. Er konnte Carl riechen – es war ein vertrauter Geruch, irgendwie säuerlich und süßlich zugleich, wie schlecht gewordene Milch, die in einem Topf erhitzt wird, und Osby versuchte ihn einzusaugen, ohne dass es jemand merkte. Der ganze Bus roch nach Menschen. Er dampfte vor Menschen. Während er da saß, dachte Osby, dass er einen Augenblick lang dieses bleierne Gefühl in seinem Bauch vergessen konnte, das sich unweigerlich einstellte, wenn er allein zu Hause war.

Als sie die letzte der Nebenstraßen verlassen hatten und auf die 33 beschleunigten, sagte Carl: »Was kann ich für dich tun, Chef?«

Die Frage überrumpelte Osby. Er konnte wohl schlecht sagen: Lass mich einfach nur hier bei dir sitzen und die Kinder riechen.

»Hast du was auf'm Herzen?«, beharrte Carl. »Kann ich irgendwas für dich tun?« Und dann, zögerlich, wie aus reinem Pflichtgefühl: »Kommst du klar? Weißt schon, wegen Dad Caudill und so.«

»Ja, alles klar«, sagte Osby, als sprächen sie über einen verstauchten Knöchel. »Sicher.«

Er war sich bewusst, dass Carls Jungs in der Bank auf der anderen Seite des Mittelganges saßen. Brian starrte mürrisch aus dem Fenster, Luke saß da und starrte Osby unverhohlen an. Es machte Osby nichts aus. Es war angenehm, angeschaut zu werden, hin und wieder die Augen von jemand anderem auf sich zu spüren.

»Was hast du denn mit dem '59er Dodge gemacht?«, fragte Osby mit unvermitteltem Eifer und lehnte sich ein kleines Stück über Carls Rückenlehne.

»Dem alten grauen D-100?«

»Ja. Weißt du noch, wie wir den zusammengeschraubt haben?«

Carl nickte und schaute weiter geradeaus.

»War ein schöner Wagen, oder? Hast du ihn noch?«

»Ja.«

»Steht er bei den anderen Wagen? Bei der Quelle oben am Wald? Den würde ich gern reparieren. Was meinst du? Wie schlimm sieht er denn überhaupt aus?«

»Ziemlich schlimm.«

»Meinst du, wir würden das hinkriegen?«

»Oz«, sagte Carl, »weißt du eigentlich, dass du mich in Schwierigkeiten bringen kannst, wenn du so in den Bus einsteigst?«

Osby schaute auf Carls Hinterkopf. Sein Nacken war steif, die Schultern angespannt. Beide Hände hielten das Lenkrad umklammert.

»Ich meine«, fuhr Carl fort, »wenn du über irgendwas reden willst, kein Problem, weißt du, aber wenn du nur … Ich meine, ich soll außer den Kindern keinen mitnehmen. Das weißt du doch, oder?« Carls Blick huschte zum Rückspiegel hoch, aber als er sah, dass Osby ihn anschaute, glitten sie zur Straße zurück.

»Ja«, sagte Osby leise. »Ich wollte nur kurz Hallo sagen.«

»Na ja«, Carls Lachen klang gekünstelt. »Du hast doch ein Telefon, oder?«

»Ja.« Osby wollte auch ein kleines Lachen herausbringen, aber es gelang ihm nicht. »Junge«, sagte er. »Eins kann ich dir sagen, ich habe vorher nie bemerkt, wie groß das Haus ist.«

»Weißt du, was du machen musst?« Carls Stimme klang plötzlich lauter, als versuche er, die vorherigen Wörter auszulöschen. »Du musst das Haus vermieten.« Er sah Osby wieder im Spiegel an, und diesmal blieb sein Blick auf ihm. »Ja. Ich mein's ernst. Hol dir

’nen Mieter rein. Mach ein bisschen Kohle und bring Leben in die Bude. Verdammt, Oz, ich weiß doch, wie das ist.«

»Na ja«, sagte Osby. »Ich glaube nicht –«

»Hol dir ’nen Mieter«, unterbrach Carl. »Setz ’ne Anzeige in den *Eagle*, mach ein, zwei Aushänge im Ort, dann kriegst du ’nen Mieter.«

»Ach nein, ich –«

»Hör mal zu –«

»Ja, ich glaube nur, das ist nicht das Richtige für mich.«

»Weißt du, die beste Zeit meines Lebens war die Zeit, bevor ich geheiratet hab. Schaff dir bloß keine Frau an.« Der Spiegel warf die Ernsthaftigkeit in Carls Blick auf Osby. »Ohne bist du besser dran.«

»Ach, das wollte ich gar nicht –«

»Du hast es doch gut. Du bist echt gut dran. Weißt du noch, wie ich diesen Job auf der Baustelle in Virginia Beach hatte und für ein Jahr da gewohnt hab? Und du bist bei deinem Dad geblieben? Weißt du das noch? Und ich bin nach Virginia Beach und hab mit vier anderen Typen eine Wohnung gemietet? Die beste Zeit meines Lebens.«

Osby betrachtete das Gesicht seines Freundes im Spiegel. Es strahlte. So hatte er ihn lange nicht gesehen.

»Hol dir ’nen Mieter«, sagte Carl. »Die beste Zeit deines Lebens.«

Gegen seinen Willen dachte Osby: Sieht er so aus, wenn er mit seinen anderen Freunden zusammen ist, wenn er nicht mit mir zusammen ist?

»Ja«, sagte Osby. »Ist gut.«

Er lehnte sich zurück. Es schien ihm, als wäre seine Hand, wenn er sie ausgestreckt hätte, um sie auf Carls Kopf zu legen, noch nicht einmal bis zur Hälfte gekommen. Osby schaute über den Gang hinweg zu Luke. Der Junge starrte ihn immer noch an. Sie schauten einander an, mit ausdruckslosen Gesichtern, als seien sie durch eine Plexiglasscheibe getrennt. Osby hatte das Gefühl, dass Luke ihn nicht hätte hören können, wenn er etwas zu ihm gesagt hätte, und dass Osby, wenn Luke etwas gesagt hätte, nur dessen Mund sich hätte stumpfsinnig bewegen sehen.

Osby drehte sich auf seinem Sitz um und betrachtete den Bus voller Kinder hinter sich. Jedes von denen hat einen Daddy, dachte er. Dreißig Väter sind da draußen. Er dachte, dass er vielleicht, wenn er ein Kind gehabt hätte, ein eigenes Kind, wenn er für ein Baby verantwortlich gewesen wäre, ein Baby, das durch sein eigenes Blut mit ihm verbunden gewesen wäre, das von ihm abhängig gewesen wäre … Der Gedanke war so merkwürdig, dass sein Verstand daran abprallte und ziellos über die Gesichter der Schulkinder wanderte. Der ganze Bus schaute zurück. Es war, als habe diese Plexiglaswand sich ausgedehnt, sich gebogen, ihn eingekreist, sodass er jetzt davon umschlossen war.

Vor ihm redete Carl über das Jahr, in dem er in Virginia Beach mit den ganzen Typen zusammengelebt hatte.

»Ja«, schnitt Osby Carl mitten im Satz das Wort ab. »Dieser Dodge war wirklich ein schöner Wagen, oder?«

* * *

Als Carl Osby wieder an seiner Auffahrt herausließ, waren dicke Wolken über den Bergen aufgezogen.

Zu Hause steckte Osby zwei Pop Tarts in den Toaster und dann noch zwei, während er die ersten beiden aß. Er machte sich eine Thermoskanne voll Instantkaffee, schüttete ungefähr drei Sekunden lang Zucker hinein, dann etwa zwei Sekunden lang Kaffeeweißer, schraubte den Deckel wieder zu, schüttelte die Thermoskanne und fuhr ohne das Radio einzuschalten über die 236 zu den Gellers.

Tom Geller, der eine Stunde weit entfernt hinter Coalsburg wohnte, ließ gerade die fünfzehn Hektar Wald abholzen, die seine Mutter besaß, und er bezahlte Osby dafür, dass dieser die Straße planierte, die durch das Weideland hoch zum Waldrand führte. Er hatte gerade damit begonnen, als sein Vater gestorben war. Der schmutzig-gelbe Bulldozer stand immer noch auf halber Höhe des Berges, genau dort, wo er ihn stehen gelassen hatte, als Eula, Toms Mutter, zu ihm gestapft war, um ihm zu sagen, dass sein Vater am Telefon war. Als er am Haus angekommen war, hatte sein Vater schon aufgelegt gehabt. Er hatte noch nie erlebt, dass sein Vater ihn bei der Arbeit anrief, nicht ein einziges Mal, also war er nach Hause gefahren, und dann zum Old House, wo er ihn gefunden hatte.

Jetzt fuhr Osby auf der unfertigen, matschigen Straße mit dem Truck die Weide hoch und parkte neben dem Bulldozer. Die Wolken deckten inzwischen den Himmel zu, und er beobachtete, wie sie die runde Sonne aus dem letzten verbleibenden blauen Streifen saugten. Die Gleisketten waren voll Schlamm und Gras und Kuhdung. Er reinigte das Schild an der Seite – *New Ground Excavating, Caudill & Son, Harts Run, Virginia, 544-7293* – von ein paar getrockneten Spritzern, packte den kalten Metallgriff und kletterte hoch. Oben wischte er das Wasser und die dünne Eisschicht mit den Händen vom Vinylsitz, bevor er sich niederließ. Mit einer Kombination aus gutem Timing, Geschick und Glück brachte er den Knopf auf dem Armaturenbrett, den Hebel zu seiner Linken und die Pedale unter seinen Füßen dazu zu funktionieren, wie sie sollten: Röhrend erwachte die alte Maschine zum Leben und blies die Stille vom Feld und halb den Berg hinauf.

Irgendwann am Nachmittag – er hatte seine Uhr vergessen, und der Himmel hatte den ganzen Tag ein und denselben Grauton gehabt – sah er im Augenwinkel eine Bewegung. Eula Geller kam den Berg hoch auf ihn zu, ihre hellblaue Windjacke blähte sich im kalten Wind, und in einem Arm, den sie an sich presste, glitzerte etwas wie Alufolie. Er hob die Baggerschaufel an, brachte das schwerfällige Ding zum Stehen und lief den Hügel hinunter, der alten Frau entgegen. Es war seltsam, jemanden zu sehen, nachdem er den ganzen Tag allein gearbeitet hatte. Kurz bevor er sie erreichte, überkam ihn das Gefühl, dass er sich aktiv daran erinnern müsste, wie man sprach.

»Sieht gut aus«, rief sie ihm über den lauten Wind und den Lärm des in einiger Entfernung schnaufenden Bulldozers hinweg zu.

»Danke.« Er ließ den Blick über die aufgebrochene, rötliche, schlammige Rille im Berghang wandern. »Es sieht aus wie gefroren, aber wenn man es erst mal aufgebrochen hat, ist es klatschnass.«

Die alte Frau nickte, aber er merkte, dass sie nicht richtig zuhörte. Ihr Blick wanderte in seinem Gesicht umher.

»Hier«, sagte sie und drückte ihm das in Alufolie eingewickelte Päckchen in die Hand. »Es ist Blaubeerkuchen.«

Die Wärme des Kuchens drang durch den Boden des

Blechs und wärmte seine Hände. »Danke, Mrs. Geller«, sagte er. »Das ist echt nett von Ihnen.«

Ihr Blick war so liebevoll, dass er sie nicht ansehen konnte.

»Weißt du«, sagte sie, »deine Oma war mein Babysitter, als sie ein junges Mädchen war. Hab ich dir das jemals erzählt?«

»Nein, Ma'am.« Sie hatte das schon mindestens zweimal erzählt. Und auch, dass sie selbst später der Babysitter seines Vaters gewesen war.

»Hier in diesem Haus.« Sie zeigte den Hügel hinab. »Und ich war der Babysitter deines Vaters.«

Er nickte und warf einen Blick zum Bulldozer hinüber, der grauen Rauch in den grauen Himmel hustete. Als er sie erneut ansah, blickte sie ihm wieder mit dieser großen Zuneigung ins Gesicht.

»Mhm«, sagte er, nur um die Stille auszufüllen.

»Hier.« Sie hielt ihm eine Gabel hin.

Er nahm sie. »Ich kann doch nicht das ganze Ding aufessen.«

Sie nickte, aber sie meinte etwas anderes. »Unser Daddy«, sagte sie, »ist auf die gleiche Art gegangen.«

Ihre Augen ruhten immer noch auf ihm, aber er merkte, dass sie ihre ganze Familie sah. Der Wind zerrte an ihrer Jacke, und sie zog ihre Strickmütze tiefer über die Ohren. Irgendwie ließ die Bewegung sie kleiner erscheinen.

»Sie helfen mir, das zu essen, ja?«, sagte Osby.

»Schrecklich«, sagte sie. »Das zu tun. Oder?«

Er hielt ihr die Gabel hin, aber sie warf nicht einmal einen Blick darauf.

»Die sollten sich was schämen!« Sie spuckte die Worte mit solcher Heftigkeit hervor, dass Osby mit der Gabel zurückzuckte.

»Die sollten sich was schämen«, sagte sie noch einmal leise. Dann, nach ein paar Sekunden: »Dieses Ding macht aber einen Heidenlärm.«

»Er ist laut«, sagte er und nutzte die Gelegenheit, um sich von ihr abzuwenden und den Bulldozer oben auf dem Hügel anzusehen.

Als er sich wieder umdrehte, war sie schon ein paar Meter entfernt; gegen den Wind gebückt ging sie eilig den Hügel hinunter zum Haus.

* * *

Am Abend brachte Osby neues Salz auf die Weide neben dem Gemeindeland; er lud den pinken Mineralblock von der Ladefläche des Trucks in die Box. Die Kühe versammelten sich um den Salzstein, und ihr Muhen hallte laut wie Nebelhörner durch die Nacht. Er betrachtete sie prüfend, während sie sich aneinanderdrängten, suchte nach Anzeichen für Bindehautentzündung oder Holzzunge, nach dem schweren Atem, der ein erstes Anzeichen für eitrige Geschwüre und Nekrosen sein konnte. Er fand nichts, keine Tränen, die aus gelblichen Augen quollen, keine Zungen, die aus sabbernden Mäulern hingen. Am Rand der Herde stand eine weißköpfige Hereford-Limousin-Kuh, die einen geschwollenen Bauch hatte, und er dachte – hoffte es beinahe –, dass sie kompaktiert sein könnte. Aber es war zu früh, um das sagen zu können.

Er fand nur eine Sache, die beunruhigend sein könnte: Eine Kuh fehlte, ein junges Angus-Rind, das im vorigen Herbst Schwierigkeiten beim Kalben gehabt hatte. Er fuhr langsam die Weide ab und spähte aus dem offenen Fenster; seine Augen mussten sich anstrengen, um die heraufziehende Dämmerung aus dem Gewirr von Dornsträuchern, herumstehenden Zedern, dem mit Büschen bewachsenen Entwässerungsgraben zu filtern. Er hoffte, dass sie in Schwierigkeiten war.

Je länger er fuhr, ohne die Kuh zu sehen, desto aufgeregter wurde er. Vielleicht hat sie wieder Probleme beim Kalben, dachte er. Vielleicht ist sie dadurch beinahe bewusstlos geworden. Er sah sich bei der Kuh ankommen, als sie gerade dabei war, das Bewusstsein zu verlieren, sah, wie er sich die Geburtskette vom Sitz schnappte, auf die Ladefläche sprang, die Winde packte und den Halfter über die Schulter warf. Er würde seitlich vom Truck springen und schon am Rennen sein, wenn er den Boden berührte. Vor sich würde er die

Kuh sehen, die die Augen nach ihm verdrehte. Das Kalb wäre vielleicht schon halb draußen und würde mit der Hüfte feststecken, oder es käme verkehrt herum und nur ein Hinterhuf würde herausschauen. Er würde die Kuh an die Anhängerkupplung binden, seine Jacke ausziehen, die Ärmel hochkrempeln, die Hände mit Alkohol einreiben und hineingreifen, mit der rechten Hand am Kalb vorbei, mit der Linken den Huf wieder hineindrückend, und versuchen, es zu drehen.

Während er ruckelnd über die unebene Weide fuhr, hoffte er, dass das Kalb diesmal so sehr feststeckte, dass es ihm nicht gelingen würde, es richtigherum zu drehen. Er würde den Huf des Kalbes an die Winde ketten, die Winde auf der Hüfte der Kuh aufsetzen und anfangen zu kurbeln. Wahrscheinlich würde das Kalb ersticken. Aber vielleicht wäre er schnell genug und es würde mit einem langgezogenen Schmatzlaut herausrutschen und ihn mit Blut und Fruchtwasser bespritzen. Er würde sich hinknien und dem zitternden, nach Luft schnappenden Kalb die Plazenta von Nase und Maul wischen.

Selbst so allein in seinem Truck war ihm seine Aufregung peinlich. Er hatte bei der Geburt von Hunderten von Kälbern geholfen. Es war eben Teil der Rinderaufzucht. Er versuchte über sich selbst zu lachen, aber selbst der Schnaufer, der herauskam, war schwach vor Aufregung. Egal wie vielen Kühen er schon bei der Geburt geholfen hatte, am Ende war da immer dieser kurze Schub von Euphorie, das Gefühl, dass er, obwohl Arme und Brust nun schleimig und glitschig waren, irgendwie gereinigt worden war. Und mehr noch: die unwiderlegbare Tatsache, dass ein Lebewesen nicht existieren würde, wenn er nicht da gewesen wäre.

Die Kuh schoss vor den Truck. Er war so in Gedanken versunken, dass er sie beinahe nicht aus dem Dickicht hatte herausrennen sehen, und er trat zu fest auf die Bremse und stieß mit der Stirn gegen das Lenkrad. Für eine Sekunde saß er benommen da. Sie durchquerte den Lichtkegel der Scheinwerfer und verschwand wieder in der blauer werdenden Dämmerung, trabte zurück zur Herde. Immer noch schwanger. Kerngesund. Osby drückte eine Handfläche gegen die Stirn. Als er sie wegnahm, war ein kleiner Blutfleck darauf. Er schwang die Tür auf und ging nach hinten, schob die Winde zur Seite, nahm eine der mit Wasser gefüllten Milchkannen und goss sich etwas von dem halbgefrorenen Wasser über die Stirn. Es fühlte sich an, als würde die Rückseite seiner Augen gefrieren. Er schüttelte den Kopf ein paar Mal und dann stand er da und schnappte nach Luft.

Das war der Moment, in dem er über den Zaun auf das Gemeindeland blickte und die Heuballen sah. Sie waren hintereinander aufgereiht, vielleicht zwanzig

Stück, gegen den Zaun am Waldrand gelehnt. Sie waren einmal groß und rund gewesen, aber sie hatten fast drei Jahre dort gelegen und waren in sich zusammengefallen, nichts als Berge von verrottendem, verwesendem Gras.

Osby stand da, die Hände mit den dicken Fingern zum Schutz vor der Kälte in den Taschen vergraben, starrte die Reihe vergessener Heuballen an und dachte daran, wie wütend sein Vater gewesen war, als die Gemeinde ihm das Land weggenommen hatte. Sein Dad war deswegen beinahe vor Gericht gezogen, aber dann war er davor zurückgeschreckt, sich dort einer Schar von Fremden gegenüberzusehen, die ihn anstarrten. Osby hatte das auch nicht gewollt, aber er war der Meinung gewesen, dass sie wenigstens das Heu mitnehmen sollten, das sie den Sommer über gemäht und gebündelt hatten. Sein Vater ließ es nicht zu. »Weder du noch ich setzen noch mal 'nen Fuß auf das Land«, hatte er gesagt. »Die Wanderer können zugucken, wie's Heu verrottet.« Osby bezweifelte, dass sie es überhaupt bemerkt hatten.

Wo das ebene Feld voll gutem Gras gewesen war, war jetzt hauptsächlich Gestrüpp: Wacholder, Zedern, Riedgras, Dornensträucher, die immer wilder wucherten. Die Bäume, die den Zaun säumten, waren immer anderthalb Meter über dem Boden ganz glatt getrimmt worden, so hoch, wie die Rinder hinaufreichten. Jetzt ragten ihre Äste weit über den Zaun und hingen über den Heuballen.

Osby dachte an den Tag, an dem sein Vater das Feld gemäht hatte. Er hatte ihn von der Straße aus gesehen: Der Traktor bewegte sich langsam über die Bergspitze. Er sah ganz klein aus und der Mann, der ihn fuhr, noch kleiner; der Mähbalken bewegte sich unsichtbar dahinter, aber die Bahn gemähten Grases war deutlich zu erkennen. Er erinnerte sich, wie er selbst das Heu gebündelt hatte, nachdem es ein paar Tage getrocknet war. Die Ballen waren glänzende, eng geschnürte Wirbel gewesen, und als er fertig war, hatten sie fein säuberlich in einer Reihe am Zaun entlang gelegen und hatten ausgesehen, als wäre die reine Befriedigung darin eingerollt gewesen.

Noch gab es ein wenig Licht am Horizont, hinter dem Berg in Osbys Rücken begraben. Die kahlen Wipfel der Bäume ragten, hart und kalt wie Metallstangen – und beinahe so dunkel –, über den Zaun, dem sich verdüsternden Himmel entgegen. Er zog die Arme fester an den Körper. Es war jetzt fast windstill, aber auch ohne den Wind nagte die Kühle sich durch sein Sweatshirt. Seine Ohren waren kalt. Er fand es traurig, dass die Heuballen jetzt nur noch verrottete Klumpen waren – mehr als traurig. Ein Gefühl drückte gegen seinen Brustkorb wie eine riesige Hand mit ausgestreckten Fingern. Irgendwo muhte eine Kuh ein paar Mal, dann war es still. Es dauerte einen Moment, bis Osby merkte, dass er weinte. Er zog eine Hand aus der Tasche und wischte die Nässe unter seinen Augen weg; die schwielige Fingerspitze fühlte sich rau an auf der weichen Haut dort. Manche Männer hätten sich gesagt, dass es an der Kälte lag. Osby wusste es nur deswegen besser, weil sein Vater tot war. Es lag nicht daran, dass er ihn vermisste. Als er dort stand und die Heuballen betrachtete, die einst angefüllt gewesen waren mit allem, was es brauchte, um eine ganze Kuhherde zu füttern, und die dort liegen gelassen worden waren, um zu verrotten, da wusste er, dass es auch nicht bloß die Einsamkeit war. Es war etwas Größeres, etwas Schlimmeres, und es machte ihm Angst.

Ein paar Kühe hatten den Berg umrundet. Sie standen völlig reglos da und beobachteten ihn. Als er wieder zum Laster zurücklief, wurde das Rascheln seiner Stiefel im Gras von dem lauten, scheinbar endlosen Prasseln einer im Dunkeln urinierenden Kuh übertönt. Er stieg ein, ließ den Motor an, saß im Führerhaus, rauchte die letzten zwei Zigaretten der Packung und sah zu, wie es um ihn herum dunkel wurde. Als er aufgeraucht hatte, war die Luft, die aus dem Gebläse kam, so heiß geworden, dass er schwitzte. Er öffnete das Fenster, saugte die saubere Luft ein und fuhr zurück zur Straße.

Den gesamten Heimweg über musste er an die Heuballen denken. Er erinnerte sich an den kompletten Tag, als er sie gebündelt hatte, erinnerte sich daran, wie er sich im Fahrersitz des Traktors herumgedreht hatte, um nach der Ballenpresse zu sehen, daran, wie der Nachmittag immer mehr Wolken auf den Himmel getürmt hatte, wie der Wind aus dem Nichts gekommen war, wie die ersten Tropfen seine staubigen Hände gefleckt hatten, an die Hektik, als er versuchte, das ganze Heu zu sammeln, bevor es anfing zu stürmen. Und dann hatte er es komplett vergessen, jahrelang, und sein Vater hatte es auch vergessen. Als er in seine Auffahrt einbog, war er fast wütend darüber, wütend auf seinen Vater, wütend darüber, dass der Alte das Heu hatte wachsen lassen – gutes Heu, gute Saat, mit Alfalfa darin –, um dann das Land zu verkaufen. Und das Heu dort hatte liegen lassen. Und es hatte verrotten lassen. Und nie wieder daran gedacht hatte.

Er sprang aus dem Truck und trabte zur Veranda, und plötzlich fragte er sich, wie viel die Regierung seinem Vater bezahlt hatte, wie viel sie zuerst für das Nutzungsrecht angeboten hatten, ein eingeschränktes Nutzungsrecht, mit dem sich die Caudills zugleich vorbehalten hätten, auf dem Land weiterhin die Kühe grasen zu lassen und weiterhin Heu zu mähen; ein Nutzungsrecht, das sein Vater nicht hatte gewähren wollen. Er würde den Schreibtisch seines Vaters nach den Papieren durchsuchen. Er stürzte durchs Wohnzimmer in die Küche, dann blieb er stehen.

Die zwei Türen, die von der Küche zum Rest des Hauses führten, waren geschlossen. Er war nicht durch sie hindurchgegangen, seit sein Vater gestorben war. Sonst hatte er immer das obere Badezimmer benutzt, aber jetzt benutzte er das ans Wohnzimmer angrenzende. Er schlief auf der Couch neben dem Heizofen. Er war überhaupt nicht mehr nach oben gegangen.

Draußen rumpelte auf der 247 ein Truck vorbei. Durchs Küchenfenster sah Osby, wie seine Scheinwerfer das entfernte Old House streiften – ein Aufblitzen des im Glas reflektierenden Lichts. Dann war er vorbei, und dort draußen gab es nur noch die Dunkelheit über dem Bachbett.

Einmal, als er vierzehn gewesen war, hatte sein Vater Damenbesuch gehabt, und er hatte Osby über Nacht zu dessen Großmutter geschickt. Als er im Dunkeln über das Feld gelaufen war, war es Osby merkwürdig vorgekommen, dass nur die untere linke Ecke des Old House erleuchtet war. Der Rest war so schwarz, als sei das Haus verlassen. Als er eintrat, bemerkte er, dass die Tür, die links vom Flur abging, verriegelt und mit Kartons versperrt war und sich auf der Treppe vor ihm Kisten, alte Kleidungsstücke und eine ganze Menagerie von Staubfängern stapelten. Von der Küche aus konnte er das Flackern des alten Schwarz-Weiß-Fernsehers sehen, das die Wand im Schlafzimmer seiner Großmutter erhellte.

»Großmutter?«, hatte er gerufen.

»Hallo?«, rief sie zurück.

»Ich bin's, Osby. Bist du im Schlafzimmer?«

Einen Augenblick später erschien sie in der Tür. »Wo soll ich denn sonst sein?«, sagte sie.

Und selbst zu dieser Zeit waren von den elf Zimmern des Old House nicht mehr als drei in Gebrauch gewesen.

Als er jetzt in seiner eigenen Küche in seinem eigenen Haus stand und die zwei geschlossenen Türen anstarrte, begriff Osby: Wie seine Großmutter würde er in einem dunklen Haus eingeschlossen sein und sich auf immer kleinerem Raum bewegen. Eines Tages wäre selbst das untere Stockwerk zu groß. Er würde nicht einmal mehr in die Küche gehen und die Einkäufe direkt ins Wohnzimmer tragen, die Suppe direkt aus der Dose essen, die Teller im Waschbecken des Badezimmers waschen, bis er sich schließlich außerstande sehen würde, von der Couch aufzustehen, und vor dem Fernseher verkümmerte, von allen vergessen.

Osby durchquerte die Küche und stieß beide Türen auf. Vielleicht hatte Carl ja recht. Vielleicht brauchte er einen Mitbewohner. Zumindest würde er zusehen, dass er verdammt noch mal aus dem Haus und weg vom Fernseher kam und in die Stadt fuhr.

Eine Dreiviertelstunde später bog er in den Parkplatz vor dem *Ten Points* ein. Ein Pick-up folgte ihm, die Rücklichter eines weiteren leuchteten auf, als dieser aus der Parklücke fuhr. Es war ziemlich viel los. Osby versuchte sich zu erinnern, ob es Donnerstag- oder Freitagabend war. Er parkte ein. Die Musik aus der Bar trat an die Stelle des Motorenlärms. Der Rhythmus klopfte an Osbys Windschutzscheibe, und er lauschte, in der Hoffnung, etwas von der Bar in sich aufzunehmen, bevor er ausstieg. Er hoffte, einfach hineinschlüpfen zu können, unerkannt, sich schon im selben Rhythmus bewegend wie alle anderen. Er hatte geduscht, sich die Zehennägel geschnitten, ein sauberes Hemd und halbwegs saubere Hosen angezogen. Die Turnschuhe, die er im Treppenhaus gefunden hatte, waren alt, aber wenigstens rochen sie nicht nach Kuhmist. Er schaute in den Rückspiegel, zog einen Kamm durch seine Koteletten, nahm die Kappe mit dem Tarnmuster ab, kämmte die Knoten aus seinen Haaren. Es kam ihm vor, als habe er Sodbrennen.

Ein Schwall Gelächter drang aus der Bar und trug zwei Frauen mit sich hinaus. Durch die geöffnete Tür konnte Osby dunkle Silhouetten umgeben von künstlichen Farben sehen. Die Band beendete ihr Set. Die zwei Frauen standen immer noch da, hielten die Tür auf und riefen den Leuten drinnen etwas zu. Mehr Gelächter.

Osby legte den Kamm ins Handschuhfach zurück und steckte die Hände in die Taschen des Sweatshirts. Wenn er hineinging, würde das Lachen ersterben, als habe jemand ein Ventil zugedreht. Die Leute würden ihm unangenehm berührt zunicken, sie würden versuchen, ihn durch gezwungenes Lächeln, ein paar zögerliche Klapse auf den Rücken, ein kurzes Händeschütteln ihres Mitgefühls zu versichern. Er wünschte, die Band hätte noch einen Song gespielt, wenigs so lange, wie er gebraucht hätte, um hineinzugehen und sich hinzuhocken. Er stellte das Radio wieder an. Bruce Springsteen sang, tief und langsam, und ließ die Nacht wissen, dass er »on fire« sei. Osby zündete sich eine Zigarette an, sog den Rauch ein und fuhr wieder aus der Parklücke.

Die Bar schien alle Autos von der Straße gezogen zu haben. Das einzige Fahrzeug hinter Osby war ein Sattelschlepper, ein Haufen kleiner Lichter umgab den Strahl der Scheinwerfer wie Motten eine Verandalampe. Als er am *Buttercup* vorbeifuhr, meldete sich sein Magen. Er hatte seit dem Blaubeerkuchen am Nachmittag nichts mehr gegessen. Die Digitaluhr auf dem Armaturenbrett des Sierra zeigte 9.15 Uhr an. Freitags und samstags war das *Buttercup* bis 9.30 Uhr geöffnet. Er fuhr auf den Parkplatz des Restaurants; die Reifen knirschten auf dem Schotter, als er in Schrittgeschwindigkeit daran vorbeirollte. Die Hälfte der Deckenlampen war schon abgeschaltet worden. Hazel, die den Boden wischte, blickte auf und machte mit der Hand eine Drehbewegung, während sie gleichzeitig den Kopf schüttelte, so als wolle ein Körperteil sagen »Nee, geschlossen« und der andere »Sorry«. Er winkte zurück, aber sie hatte sich schon wieder dem Boden zugewandt. Der Sattelschlepper fegte auf der Straße vorbei. Es musste Donnerstag sein.

Weiter vorn markierte ein weißes Schild die Abzweigung zur 33. Er überlegte, was ihn davon abhalten könnte, nach Hause zu gehen. Das *Pine Top Restaurant* an der 42 Richtung Ripplemead würde geschlossen sein. Das *Mic-or-Mac* würde geschlossen sein. Er könnte in die andere Richtung zurückfahren, an der 247 vorbei, die 56 entlang nach Coalsburg, und in dem mexikanischen Restaurant essen, das für die College-Kids länger geöffnet hatte. Er schaute noch einmal auf die Uhr: 9.17 Uhr. Wenn er in Coalsburg ankäme, wäre es 10.30, bis er zu Hause wäre, Mitternacht. Im Radio sang Johnny Cash »burns, burns, burns«.

Der *C & O Quickmart* erhellte ein Stück der Nacht. Er konnte wenigstens den Truck volltanken. Er hielt unter dem *Chevron*-Schild, schaltete Johnny Cash ab und schmiss den Zigarettenstummel weg, während er im hellen grünlichen Schein der Lampen ausstieg.

Die Kälte nagte an ihm. Er fühlte sich ein bisschen lebendiger, ein bisschen wütend. Was war denn schon so toll am *Ten Points*? Alle betranken sich. Alle lachten über irgendwas, das wahrscheinlich noch nicht mal lustig war, sondern einfach nur blöd.

Das Benzin floss mit einem klopfenden Geräusch durch den Schlauch.

Ich könnte da reingehen, dachte er und schaute zum *C & O*, und ein Sixpack kaufen; ich könnte mich genauso gut betrinken wie alle anderen auch.

»Wenn ich wollte«, sagte er laut.

Er schaute vom Benzinhahn auf, von seiner eigenen Stimme aus seinen Gedanken gerissen, überrascht und ein bisschen erschrocken über die Vehemenz darin.

Der *Quickmart* war beheizt. Die Türglocke bimmelte, als er eintrat, und eine Frauenstimme sagte: »Hey!«

»Hi, Deb.«

»Ich spüre die Kälte von hier aus«, sagte sie.

»Ja, da draußen sind's vielleicht minus fünf, minus sechs Grad, würde ich sagen.«

Sie lachte auf und lächelte ihn über ihr Buch hinweg an. Er wusste nicht genau, worüber sie lachte und lächelte. Osby ging den Gang hinunter zu den Kühlschränken an der Rückwand, öffnete eine der Türen und stand eine Weile da, während er sich zwischen *Coors* und *Moosehead* zu entscheiden versuchte.

»Heut Nacht wird's bis auf minus zehn runtergehn«, sagte Deb.

Osby nickte und dachte: Morgen früh werde ich lieber mal nachschauen, ob das Wasser gefroren ist. Er nahm ein Sixpack *Moosehead* heraus und suchte in der Snack-Ecke nach etwas zu essen. Als er einmal aufblickte, lächelte Deb ihn an, und er senkte schnell den Blick und dachte: Sie mag das Buch wohl nicht besonders.

Er irrte sich; sie mochte das Buch sehr. Sie wusste nur, dass sie noch anderthalb Stunden Zeit zum Lesen hatte, während sie hinter dem Tresen saß, und dann mindestens noch eine Stunde im Bett. Bei dem Buch handelte es sich um *Devil's Embrace*, aber das bemerkte Osby nicht, als er an den Tresen trat. Auch wusste er nicht, dass Catherine Coulter ihre Lieblingsautorin war, denn es war ihm in den letzten fünf Jahren nicht in den Sinn gekommen, sie irgendetwas anderes zu fragen als danach, wie es ihrem Mann ging. Sie trug ein blaugrünes Sweatshirt mit zwei pinkfarbenen Teddybären darauf, und sie hatte Eyeliner und Lippenstift farblich darauf abgestimmt. Sie färbte ihr Haar seit siebzehn Jahren, und an diesem Abend hatte es einen leichten Stich ins Violette. Ihre Augen waren etwas zu klein für ihr rundes, fülliges Gesicht, aber sie leuchteten, sodass Männer oft ein zweites Mal hinschauten, weil sie glaubten, dass sie vielleicht besser aussah, als sie zunächst gedacht hatten. Früher einmal, vor langer Zeit, hatte sie Ärztin werden wollen, oder wenigstens

Krankenschwester. Sie mochte Möhren lieber als fast alles andere, und sie hatte sich selbst den besten Möhrenkuchen in ganz Eads County zum Geburtstag gebacken. Sie konnte hervorragend im Dunkeln sehen. Auf der High School hatten ihre Volleyball-Teamkollegen den Blick in ihren Augen »Tod durch Debbie« genannt. Selbst ihr Ehemann hätte zugegeben, dass sie ein schönes Lächeln hatte. Sie war vier Tage älter als fünfzig.

Osby legte eine Schachtel mit einem Dutzend verschiedener Doughnuts auf den Tresen. Er bemerkte, dass Deb ihn ziemlich viel anlächelte und dass sie sich auf eine Art in ihrem Stuhl zurücklehnte, die ihn nervös machte.

»Was ist deine Lieblingssorte?«, fragte Deb, als sie alles zusammenrechnete.

»Doughnuts?«

»Ja. Ich mag die mit Schokolade. Aber ich mag eben alles mit Schokolade. Wer nicht, oder? Welchen wirst du dir zuerst schnappen?« Sie lächelte und lachte ein bisschen. Osby dachte, dass ihr Lachen nicht ganz so hübsch war wie ihr Lächeln, obwohl er bis dahin noch gar nicht bemerkt hatte, wie hübsch ihr Lächeln war. »Den mit Zimt?«, sagte sie. »Wahrscheinlich kippst du dir einfach die ganze Schachtel in den Mund.« Sie lachte wieder.

»Na ja, es ist mein Abendessen, weißt du«, sagte Osby, womit er meinte, dass er solchen Hunger hatte, dass es ihm gar nicht auf den Geschmack ankam.

Deb hielt inne und drückte die letzten Knöpfe nicht. »*Das* ist dein Abendessen?«

Osby steckte die Hände ins Sweatshirt. »Na ja ...«

»Du solltest lieber was Anständiges essen. Wir haben da hinten Sandwiches. Sie sind nicht die *Aller*frischesten, aber Janice macht sie morgens selbst.« Deb stand von ihrem Hocker auf und ging um den Tresen herum. »Wir haben Schinken und Käse. Geflügelsalat, aber das könnte schon 'n bisschen aufgeweicht sein. Hot Dogs, die man einfach in die Mikrowelle stecken kann.«

Osby folgte ihr den Gang hinunter. Irgendetwas schien sie anzutreiben. Als sie ihm die Kühlschranktür öffnete, entschied er sich für das erste Sandwich, das seine Hand berührte.

»Leg's einfach in die Mikrowelle«, sagte sie, »und mach's dir schön warm.«

»Ist schon okay so.«

»Es ist kalt.«

Er sah das Sandwich an, als sei Kälte etwas, das man durch genaues Hinschauen erkennen könne.

»Du kannst doch keine kalten Fleischbällchen essen«, sagte sie.

»Schon okay.«

Ihr Lachen klang diesmal noch nervöser, fand Osby.

»Gib's her«, sagte sie.

Er gab es ihr und fühlte, wie sein ganzes Gesicht heiß wurde.

Sie standen zusammen neben der summenden Mikrowelle und sahen zu, wie sie von neunzig Sekunden abwärts zählte.

»Tut mir leid wegen deinem Dad«, sagte sie. »Ich hab gehört, die Beerdigung soll schön gewesen sein.«

Er nickte. Die Mikrowelle zeigte dreiundsiebzig an.

Bei zweiundfünfzig sagte Osby: »Wie geht's Greg?«

»Ich seh ihn nicht mehr so oft.«

Er erinnerte sich daran, etwas in der Richtung gehört zu haben, dass sie sich getrennt hatten, und fühlte wieder die Hitze in seinem Gesicht aufsteigen. »Tut mir leid wegen der Scheidung«, sagte er.

»Oh, wir sind nicht geschieden.«

Er seufzte. Er wünschte, es gebe einen anderen Weg, Dinge zu sagen, als zu reden. Es kam ihm vor, als sei er gar nicht dazu bestimmt, ein Mensch zu sein. Als Tier wäre er besser dran gewesen, er hätte kommunizieren können, indem er die Haare auf seinem Kopf aufstellte oder irgendeinen Geruch absonderte.

»Noch nicht«, sagte sie. »Aber wir leben getrennt. Es ist vorbei.«

»Tut mir leid«, sagte er.

»Braucht es nicht.«

Als die Mikrowelle piepte, gingen sie zurück zum Tresen, und sie rechnete wieder ab.

»Muss jetzt einsam sein da draußen ohne deinen Dad.«

Dem Lärm der Registrierkasse folgte die Stille. Osby hatte die Hände um das warme Sandwich gelegt. »Carl meint, ich sollte mir 'nen Mieter holen.«

»Das ist eine gute Idee«, sagte sie. »Es ist gut, mit jemandem zusammenzuleben. Ich wohne gerade bei meiner Schwester, aber sie ist mit Mike nach Deutschland gegangen, weißt du. Er ist dort stationiert.«

Deutschland, dachte Osby. Schon das Wort schien ihm verrückt.

»Du könntest einen Zettel ans schwarze Brett draußen hängen«, sagte Deb. »Das macht achtundzwanzig dreißig, mit dem Benzin.«

Er fischte in seiner Tasche und zog den Geldbeutel heraus. »Deutschland, wie?«, sagte er.

»Ja. Ich hab die Wohnung noch neun Monate für mich.« Sie nahm das Geld. »Hey, warte mal.« Sie verschwand unter dem Tresen und tauchte mit einem blassgrünen Blatt Papier und einem schwarzen Filzstift wieder auf. »Da kannst du direkt was aufschreiben und es gleich draußen aufhängen.«

Er schaute das Blatt Papier etwa so an, wie sein Vater den Vertrag angeschaut hatte, den ihm der Mann von der Gemeinde für das Nutzungsrecht des Landes gegeben hatte.

»Aber meine Schrift sieht aus, als wären Hühner

übers Blatt gelaufen«, sagte er und lächelte sie an, in der Hoffnung, sie würde ihn davonkommen lassen.

Stattdessen griff sie nach dem Stift. »Was soll denn draufstehn?« Sie sah ihn erwartungsvoll an.

Er dachte an die Küche mit den zwei geschlossenen Türen. *Wo soll ich denn sonst sein?*

»Ich würde sagen, Zimmer zu vermieten. Route 247. Bei den Caudills.« Der halb umgestürzte Briefkasten mit den Resten ihres Namens kam ihm in den Sinn. »Nein«, sagte er. »Äh, schreib einfach, Osby Caudill, Rufnummer 544-7293.« Er sah ihr zu, wie sie in ihrer runden, sorgfältigen Schrift zu Ende schrieb. »Und«, sagte er, weil es ihm gut schien, das hinzuzufügen, »schreib noch dazu, es ist günstig.«

»Wie teuer ist es denn?«

Er zuckte mit den Schultern. »Schreib einfach, dass es billig ist.«

Als sie fertig war, gab sie ihm den Zettel und sagte ihm, dass es draußen Reißnägel gab. Während sie sein Wechselgeld abzählte, sagte sie: »Für nichts auf der Welt würde ich ihn zurücknehmen.«

Osby nickte und nahm ihr die Plastiktüte ab.

»Ich bin jetzt eine freie Frau«, sagte sie. Ihr Lachen war ein leises Geräusch, begleitet von einem Schulterzucken.

»Na ja«, sagte Osby. »Danke für den Zettel.«

»Mhm.«

»Gute Nacht.«

»Mhm«, sagte sie. »Dir auch.«

Er ging zur Tür und hörte, wie sie sich wieder auf ihren Schemel setzte. Als er draußen war und sich die Tür hinter ihm geschlossen hatte, warf er einen Blick über die Schulter. Sie saß über den Tresen gebeugt und las ihr Buch.

Draußen ging er zum schwarzen Brett, und während er sich umblickte, um zu sehen, ob er beobachtet wurde, schob er den Zettel hinter ein Stück Papier, das einen Toyota Tercel zum Verkauf anbot. Alles, was man von seinem Zettel sehen konnte, war *544-7293 Sehr preiswert*, in Debs sauberer Handschrift. Er schloss den Reißverschluss an seinem Mantel und drehte sich gerade zu seinem Truck um, als etwas am unteren Ende des schwarzen Bretts seine Aufmerksamkeit erregte. Ein kleines asiatisches Mädchen sah ihn mit riesigen, traurigen Augen an, ein Foto auf einem Flugblatt, das in einem an das schwarze Brett getackerten Papierhalter steckte. Er zog das Flugblatt heraus, als habe er Angst, es könne durch die Berührung auseinanderfallen. Im Führerhaus steckte er den Schlüssel ins Zündschloss, ohne ihn zu drehen. Stattdessen saß er einen Augenblick da, hielt das Flugblatt in seinen klammen Fingern und besah sich das Gesicht des kleinen Mädchens im grünlichen Schein der Lampen über den Zapfsäulen. *Save the Children* stand darüber. Er formte die

Worte mit seinem Mund, einmal, leise, dann legte er das Flugblatt auf den Sitz neben sich und fuhr auf die Straße.

Im Radio sang eine Frau mit sanfter, trauriger Stimme die Coverversion eines halb vergessenen Liedes.

Die gesamte Route 33 entlang durchstachen die Lichter der Häuser das Dunkel, als seien Späne von Sternen vom nächtlichen Himmel auf die Erde gefallen. Osby fuhr an ihnen vorbei und dachte an Deutschland. Als er noch klein gewesen war, hatte seine Mutter ihm öfters ein schwarz-weißes Foto von ihrem Vater, seinem Großvater gezeigt, der in einem langen Wollmantel mit blechern aussehenden Knöpfen eine Zigarette rauchte und über irgendetwas grinste, das die Soldaten neben ihm gesagt haben mussten. Ein Monat nachdem das Foto gemacht worden war, hatte eine deutsche Handgranate den Mann in Stücke gerissen. Jetzt, während er zusah, wie die Scheinwerfer die vor ihnen liegende Schwärze jagten, versuchte Osby sich zu erinnern, ob da irgendetwas im Gesicht seines Großvaters gewesen war, das auf seinen Tod hingedeutet hatte.

Durch die Lautsprecher in den Türen sang die Frau mit sanfter, trauriger Stimme ihr Cover des halb vergessenen Liedes. Vor ihm zerrissen die kräftigen Strahlen die Dunkelheit. Er fragte sich, wie das Gesicht seines Vaters ausgesehen haben mochte, als er bei Eula Geller angerufen hatte.

Über Harts Run war die Kirche auf dem Kalksteinhügel im Dunkel hinter den großen Hickorien verschwunden. Dort oben flackerte nur ein kleines rotes Licht. Osby betrachtete es, dachte an das Mädchen auf dem Flugblatt, das an einem Ort verhungerte, der noch weiter entfernt war als Deutschland, einem Ort, an dem die Leute noch nicht einmal seine Sprache sprachen. Seine Scheinwerfer hielten die Straße umklammert. Als er an der Kirche vorbei war, zog etwas im Rückspiegel seinen Blick auf sich, und er sah dort oben, wo die Kirche hätte sein sollen, zwei weiße Lichter, die von den Bäumen gespalten wurden. Da, und wieder verschwunden. Da, und wieder verschwunden.

Im Führerhaus seines Trucks war die Luft erfüllt von Klavier und Gitarre und dem Atmen der Frau im Radio, die auf ihren Einsatz wartete.

* * *

Am Morgen verbrachte Osby eine Stunde damit, Türen zu öffnen und Räume zu lüften, Vorhänge aufzuziehen und Kartons aus dem Gang zu räumen. Um sieben Uhr warfen die Fenster hartes, klares Licht ins Haus. Es sah nun besser aus, fand Osby, weniger wie ein Lagerraum, weniger wie das Old House. Er war spät dran mit seiner Runde über die Weiden, und er arbeitete schnell. Rannte um die Vorderseite des Trucks herum, um die Radnaben auf Vierradantrieb zu stellen, sprang zum Tor, um es zu öffnen, fuhr die Berge fast kerzengerade hoch, während der Ballen hinten auf dem Truck sich aufzulösen begann. Kurz bevor er die Spitze erreicht hatte, ließ er den Dorn herab, fuhr ein Stück vor und ließ das Heu hinunterrutschen. Er hüpfte hinaus, trabte hinter den Truck, schnitt die Schnur durch, gab dem Ballen einen Schubs und sah ihm zu, wie er sich auflöste und eine lange Spur hinterließ, während er den Berg hinunterrollte. Er nahm sich ein paar Minuten Zeit, um zu beobachten, wie das Heu die Rinder anlockte, und versuchte, die Aufregung zu unterdrücken, wenn er glaubte, ein Hinken oder einen geschwollenen Kiefer zu sehen. Aber nichts davon erwies sich als etwas, worüber man sich Sorgen machen musste. Selbst die Färsen kalbten problemlos.

Die Hälfte der Kühe hatte gekalbt, und es war an der Zeit, dass sie wieder etwas an Gewicht zulegten und erneut den Bullen zugeführt wurden. Als er mit dem abgepackten Zusatzfutter bei der letzten Herde gewesen war, war der Tag halb vorbei. Der kleine Weg für die Jeeps, der durch die Weide führte, war noch zerwühlt von der Beerdigung. Osby schüttelte drei Säcke Mais in den Futtertrog und suchte die hellen, sonnengefluteten Bäume, die entlang der Bergkuppe von Bowmans Ridge standen, nach dem Blitzen eines Grundsteins ab. Er sah nichts. Die Färsen trabten auf ihn zu, drängten sich gegenseitig mit den Schultern ab, während sie sich um das Futter scharten. Er betrachtete die Kälber, die ganz hinten einen Pulk bildeten und warteten, bis sie an die Euter konnten.

Er wollte gerade wieder in den Truck steigen und zur letzten Abholzstelle der Raines-Brüder hinüberfahren – sie hatten ihm Äste und Stümpfe zum Mitnehmen dagelassen: zwei Tage Arbeit mit Kettensäge und Beil, aber genug Holz für den ganzen Winter –, als ihn etwas alarmierte. Er blieb stehen und ließ den Blick noch einmal über die Herde streifen. Eine Kuh fehlte. Nein. Die sechs Kälber waren alle da, und die paar Färsen, die aussahen, als seien sie bereit zu kalben, hatten immer noch dicke Bäuche und geschwollene Euter. Dann erspähte Osby in der Ferne etwas Braunes. Es war das Braun von toten Blättern auf einem Waldboden, ein Klumpen in einem Entwässerungsgraben im hinteren Teil der Weide, wo der Zaun auf ein Gewirr von Zedern mit kahlen Ästen und Schwarzdorn traf. Osby betrachtete die braune Gestalt. Es war der kastrierte Einjährige, der spätgeborene Stier, der zu jung gewesen war, um ihn im Herbst zur Auktion zu bringen. Sein Dad hatte vorgehabt, ihn in diesem Frühjahr mit den Kälbern zu verkaufen. Tot? Aber was sollte ihn getötet haben? Koyoten oder Berglöwen könnten ein neugeborenes Kalb zur Strecke bringen, aber keinen einjährigen Stier.

Plötzlich keilten seine Hufe aus, zuckten, traten nach der Luft und dem Schlamm. Er lag auf der Seite, sein Kopf schlug wild hin und her und prallte immer wieder auf dem Boden auf. Da wusste er, dass kein Koyote oder Berglöwe dafür verantwortlich war, dass es nichts war, wovor der Stier hätte flüchten oder was Osby hätte erschießen können.

Als er an der ausgewaschenen Seite des Entwässerungsgrabens ankam, war der Stier wieder ruhig; seine Augen rollten nach oben und sahen Osby an. Rasche Atemzüge ließen Blasen im Schaum vor seinem Maul entstehen. Die Ohren zuckten alle paar Sekunden. Ein Schauder lief über sein Gesicht.

Osby kniete sich am Rand des Entwässerungsgrabens nieder; er wollte nicht näher herankommen, um den Stier nicht wieder wild zu machen. Aufregung flammte in seiner Brust auf. Er schüttelte sie mit einem Stirnrunzeln ab, deckte sie mit Besorgnis zu. Er hatte noch nie erlebt, dass ein Stier mit Gras-Tetanie darniederlag. Es waren immer Kühe, meistens waren sie schwanger oder hatten gerade Kälber geworfen. Im Laufe der Jahre war ihm eine ganze Reihe Holstein-Charlay-Kühe daran gestorben. Sein Vater hatte immer gesagt, es läge daran, dass sie so viel Milch produzierten. In einem Jahr war es so schlimm gewesen, dass sein Vater und er eine Grube gegraben und sie einfach offen gelassen hatten. Bis zum Ende des Frühlings hatten sechs Kühe darin gelegen. Aber das war passiert, bevor sie anfingen, die Mineralblöcke statt des normalen Salzes zu benutzen, und in einem Jahr, in dem das Heu nicht genug Samen getragen hatte. Jetzt hatte er schon seit Jahren kein Problem mehr mit Gras-Tetanie gehabt.

Er sah, wie der Stier versuchte, ihn mit wild rollenden Augen anzuschauen. Sein Vater hätte ihm einfach eine Kugel hineingejagt.

Osby stand aus der Hocke auf, und es war, als würde das Aufrichten einen Adrenalinstoß von seinen Beinen aus in seine Brust jagen. Manchmal konnte man sie retten. Gelegentlich, wenn man das Cowdex direkt in ihre Halsschlagader und dann wiederholt unter die Haut spritzte, konnte man sie am Leben halten. Einmal hatte er gesehen, wie die Injektion direkt ins Blut schoss; es war, als habe sie dem Herzen der Kuh einen Tritt gegeben, und sie war aufgesprungen, hatte um sich getreten, wild, von plötzlichem Leben erfüllt. Er ermahnte sich selbst, nicht in Aufregung zu geraten. Man musste ihnen fast immer eine Kugel hineinjagen. Es war schlimm. Morgen, nein, verdammt, schon am Abend könnte die nächste daliegen, und eine am nächsten Morgen. Durch die plötzliche Kälte? War etwas mit dem Heu nicht in Ordnung? Er versuchte, ruhig den Berg hinaufzulaufen, aber selbst die Muskeln in seinen Beinen waren in Aufregung. *Jetzt oder nie, jetzt oder nie*, tönte es in seinem Kopf, zum Rhythmus seiner Schritte.

* * *

Als er den Truck erreicht hatte, hob und senkte sich seine Brust, und er schlug mit der Faust gegen das Brustbein, als könne er so die Luft in seiner Lunge freischütteln. Er fuhr zu schnell über die Weide zum Haus; der Truck holperte über den gefrorenen Boden. Erst als er durch das Tor hindurch und an dem Schrottplatz vorbeigefahren war, fiel ihm ein, dass sie das Cowdex mit den übrigen Arzneimitteln im Old House aufbewahrten.

Er fuhr die alte Auffahrt hinauf. Es gab keine andere Parkmöglichkeit als hinter dem Ford seines Vaters. Osby starrte das Haus an, die halb geöffnete Eingangstür. Und wenn schon, dann war sein Vater eben diesen Weg entlanggelaufen, war ins Haus gegangen, die Treppe hoch. Na und? Er entriegelte die Tür des Sierra und ließ sie von der Schwerkraft öffnen. Vor ihm hing die rostige Klappe am Truck seines Vaters herunter. Er starrte sie an, dann richtete er den Blick auf die Heckscheibe des Ford. Es schien ihm nicht unwahrscheinlich, dass der teigige, runzelige Kopf seines Vaters dort über der Kopfstütze auftauchte, mit dem kurzgeschorenen weißen Haar, das in der Kopfhaut steckte wie die Dornen in einem Kaktus. Osby atmete fest durch die Nase aus, versuchte zu lösen, was auch immer seine Brust umklammerte. Der alte Mann hatte noch nicht einmal hinüberlaufen können, dachte er. Eine Viertelmeile. Musste bequem hinüberfahren. Hatte wahrscheinlich das Radio an. Und die Heizung. Hatte es ganz gemütlich gehabt, bevor er es getan hatte.

Osby stieg aus und hielt auf das Haus zu. Als er am Truck seines Vaters vorbeikam, streckte er reflexartig den Arm aus, um die Heckklappe zu schließen. Stattdessen schlug er fest dagegen. Ein schneller Hieb, der das Metall klappern ließ. Der Aufprall ließ seinen Kopf herumfahren, als habe jemand anderes mit der Faust auf Metall gehauen. Er presste die Knöchel gegen die weiche Haut seiner Wange, im Versuch, den aufkeimenden stechenden Schmerz zu ersticken. Eine Krähe floh aus einem nahen Baum, krähte, die Blätter bewegten sich, wo sie zuvor gesessen hatte.

Osby hielt zügig auf die Eingangstür zu, versuchte, die Fußspuren des toten Mannes zu ignorieren, die im Schlamm eingefroren waren. Er drückte die Tür ganz auf, ging direkt in die schummrige Eingangshalle und zur Treppe, geradeaus starrend, als wäre sein Nacken steif und seine Augen eingefroren. Die Arzneimittel lagen alle auf der Treppe: Kartons und Gläser, Dosen, Tüten, Tiegel, Flaschen, die sich bis hoch zum Treppenabsatz auf der zweiten Etage aneinanderreihten. Er wühlte darin herum, stieß Sachen um, die ein paar Stufen hinunterfielen, bis sie auf anderem Zeug liegen blieben, seine Bewegungen wurden immer wilder, je näher er der zweiten Etage kam, sein Atem flatterte. Er hielt den Kopf gesenkt, die Augen fest auf die Stapel zu beiden Seiten der Treppe gerichtet. Er schaute nicht hoch zum Treppenabsatz, sah nicht ein einziges Mal nach, ob die Polizisten die Tür dort oben offen gelassen oder geschlossen hatten. Vier Stufen vor dem Absatz fand er das in Plastik verpackte Cowdex und auf der nächsten Stufe die Nadel und den zusammengerollten Katheter, die auf dem Boden einer mit Lappen gefüllten Schachtel lagen.

Keine fünf Minuten später rutschte er in schweren Stiefeln den mit rotem Matsch gefüllten Entwässerungsgraben hinunter, das Glas mit dem erwärmten Cowdex in der Hand, den zusammengerollten Katheter in der anderen, den Halfter über die Schulter geschwungen. *Jetzt oder nie, jetzt oder nie*, pochte das Blut wieder in seinen Schläfen. Dieses Vieh kann ohne mich nicht überleben, dachte er und hätte es beinahe zu dem Stier gesagt, seine Augen fest auf die seinen gerichtet: Du kannst ohne mich nicht überleben. Als könne er seine Gedanken hören, hob der Stier den Kopf, seine Augen traten hervor, die weiße Hälfte seines Gesichts war von Schlamm gerötet. Seine steifen Beine ruderten wieder herum, verschmierten den Haufen frischen Kuhdung, der an seinem Hinterteil herabgelaufen war, bewegten sich auf gespenstische Weise unabhängig vom Rest seines Körpers.

Die Muskeln des Stiers auf diese Weise verrückt spielen zu sehen verlieh Osby ein Gefühl der Macht. Seine Hände bewegten sich kundig wie die Hände eines Chirurgen, als er die Nadel auf den Katheter steckte und den Katheter in das Glas mit dem Cowdex. Es war, als habe das Adrenalin seine Venen freigeräumt, seine Arterien, seine Neuronen, sein Mark, alles, was einen Teil von ihm mit einem anderen verband. Er arbeitete mit schnellen, aber kontrollierten Bewegungen, versuchte, die Injektion vorzubereiten, bevor das Cowdex zu kalt wurde. Er zwängte den Halfter über Ohren und Schnauze des Stiers und band ihn mit einem festen Knoten an einen nahen Zaunpfahl, wobei er den Kopf des Tiers so zurückzerrte, dass der Hals gestreckt war und die geriffelte Kehle von innen gegen die Haut drückte wie die Knöchel einer Faust. Der Stier folgte seinen Bewegungen mit hervortretenden Augen, als er wieder um ihn herumging und sich vor ihn kniete. Er legte eine Hand auf den warmen Hals, zielte und rammte die nagelgroße Nadel in die Halsschlagader. Der Stier keilte aus, versuchte, seinen Kopf gegen das Seil zu schlagen. Osby bemerkte es nicht einmal. Er stand schon wieder, hob das Glas mit dem Cowdex vom Boden auf, konzentriert darauf, es genau richtig anzuheben, nicht zu hoch, nicht zu schnell; wenn es zu schnell hineinfloss, wenn zu viel davon ins Herz des Stiers schoss, würde er ihn umbringen. Als das Glas leer war, zog er die Nadel heraus, rollte den Schlauch auf und trat einen Schritt zurück.

Der Stier lag da.

Osby sah ihm zu, wie er Dampf durch eine Speichelblase atmete. Dunkles Blut sickerte aus dem Einstichloch. Osby stand völlig still. Das Adrenalin, das noch vor einer Minute durch seinen Körper gerauscht war, schien zusammen mit dem Cowdex durch den Katheter geflossen zu sein. Langsam wischte er mit dem Handrücken über sein Gesicht. Seine Knöchel rochen nach dem Stier. Sein Herzschlag fühlte sich müde an. Die Sonne war inzwischen so hoch gestiegen, dass ihr Licht den westlichen Teil der Weide erreichte, wo er stand, und er fühlte die Strahlen im Nacken, sah den Schatten seines Kopfes im struppigen Gras: ein dunkler, gedrungener Höcker.

Nicht mal das hast du geschafft, dachte er.

Der Stier atmete jetzt gleichmäßiger, beinahe so, als schliefe er.

»Na gut«, sagte Osby und setzte in Gedanken hinzu: Wir werden es morgen noch mal probieren. Der Stier konnte essen, Darm und Blase entleeren, alles, nur nicht aufstehen. Solange sein Kopf nicht herunterhing, würde er nicht ersticken. Er hatte von einer Kuh gehört, die wochenlang so überlebt hatte. Er konnte sich nicht mehr erinnern, ob sie am Ende gestorben war oder nicht.

Sein Vater hätte ihm einfach eine Kugel hineingejagt.

Als er dort stand und zusah, wie sich die Rippen des Stiers mit seinem Atem hoben, fiel ihm ein, wie sein Vater in einem Stuhl am Küchentisch neben dem Holzofen eingeschlafen war, die Beine ausgestreckt, den Kopf zurückgelegt, den Mund geöffnet; zwei Rebhühner lagen schlaff in seinem Arm, der Lauf seiner Schrotflinte glänzte in seinem Schoß. Doch diesmal hatte er natürlich die Ruger benutzt und nicht die Schrotflinte.

Osby sah dem Stier beim Atmen zu. Er würde morgen wiederkommen und ihm eine Injektion unter die Haut geben. Er würde es eine Woche lang probieren, wenn er musste. Er würde es zwei Wochen lang probieren.

Er wird in Ordnung sein, dachte Osby, bis er es nicht mehr ist.

* * *

In jener Nacht war Neumond, und draußen war die Welt außergewöhnlich schwarz. Osby saß auf der Couch, die Augen geschlossen, die Jeans bis zu den Knien hochgekrempelt, die Haut seiner dicken Waden glänzte blau im Licht des Fernsehers. Er hatte einen großen Topf mit heißem Wasser gefüllt und ins Wohnzimmer getragen, wobei er immer wieder etwas verschüttet hatte. Jetzt lächelte er, als er sah, wie seine Zehen runzelig wurden. Als er ein kleiner Junge gewesen war, hatte seine Mutter manchmal so dagesessen und ihre Füße eingeweicht. Im Fernsehen hatte eine Frau gerade 250.000 Dollar gewonnen und war dabei, sie für eine halbe Million aufs Spiel zu setzen. Er stand auf und ging ins Badezimmer, die Wärme sickerte aus seinen Füßen und blieb in nassen, dunklen Flecken auf dem kalten Boden zurück. In der Küche war der Holzofen ausgegangen.

* * *

Ein paar Tage darauf gab Osby dem Stier unten im Entwässerungsgraben seine vierte Injektion. Er hielt den Atem an, während die Arznei hineinlief, so wie er es auf der Jagd tat, um das Gewehr ruhig zu halten. Danach hielt er dem Stier einen Eimer Wasser vor die Schnauze und lauschte seinem geräuschvollen Trinken. Ein paar trockene Maiskörner waren im Schlamm eingebettet, gerade außerhalb der Reichweite des Stiers. Ein Berg Kuhdung hatte sich hinter seinem Gesäß aufgetürmt. Während er zusah, wie sich die Bauchdecke des Tiers hob, erinnerte sich Osby daran, wie er im vergangenen Jahr mit seinem Vater die Bullenkälber kastriert hatte: Sein Vater stellte sich nacheinander hinter sie und bog ihnen den Schwanz über den Rücken, sodass er nicht hin und her schlagen konnte, während Osby mit einem Eimer voll heißem Wasser und einem mit Alkohol desinfizierten Messer in die Hocke ging. Man bespritzte den Hodensack mit Creolin, schnitt das untere Ende ab, griff hinein, zog die schlüpfrigen Eier nach unten, schnitt die Hodenstränge durch und warf die Hoden weg. Aber dieser, ein Spätgeborener, dieses neunhundert Pfund schwere Nicht-mehr-Kalb, das zu seinen Füßen lag, hatte nur einen Hoden gehabt.

»Der andere ist noch nicht unten«, hatte er zu seinem Vater gesagt.

Sein Vater nickte nur: Gut, raus damit. Er hatte in den Sack gegriffen, in die Leisten, fast bis in den Bauch, sich mit Messer und Fingern nach oben gearbeitet, auf der Suche nach dem Hoden. Das Kalb hatte versucht, sich aufzubäumen, mit den Augen gerollt, war dem Schreien so nahe gekommen, wie es ein Kalb nur kann. Er hätte den Hoden wahrscheinlich herausbekommen können, aber er hatte aufgehört und den Kopf geschüttelt. »Wir müssen noch warten«, sagte Osby, obwohl er wusste, dass sein Vater das nicht gutheißen würde. Es würde ihm nicht gefallen, dass sich ein Stier benehmen würde wie ein Bulle, aber unfruchtbar war, sein Fleisch nur für Hamburger oder Roast Beef zu gebrauchen.

Der kastrierte Stier taugte jetzt nicht einmal mehr dazu.

Der Tierarzt hatte gesagt, dass es am plötzlichen Kälteeinbruch liegen könnte, am jungen Gras oder am alten, samenlosen Heu, an einem Problem mit dem Harntrakt. Auch er hatte nie zuvor Gras-Tetanie bei einem Stier gesehen. Am Ende war »Mach weiter mit dem Cowdex« alles, was er raten konnte. »Oder erschieß ihn.«

Osby sah dem Stier beim Atmen zu. All die Kühe, selbst die Färsen, kalbten ohne Probleme. Er hatte nicht einer einzigen helfen müssen.

Ohne mich kannst du nicht überleben.

Blödsinn, dachte er. Er hatte damit nicht mehr zu tun als mit irgendetwas anderem. Er streckte die Hand aus und berührte die Flanke des Stiers mit seinen kalten Fingern. Sie fühlte sich warm an.

* * *

Am Sonntag brachen die Kühe durch den Zaun in den Wald von Bowmans Ridge aus. Osby lief durch den Wald, jagte sie zwischen Buchen und Ulmen hindurch, die nicht dicker waren als er selbst, die sein Alter hatten, deren fahle Stämme sich neben den riesigen, dunklen Stümpfen der Kastanien erhoben, die vor seiner Geburt abgeholzt worden waren, um zu verhindern, dass die Braunfäule den gesamten Bestand dahinraffte. Er setzte sich auf einen Stumpf – vom Alter geschwärzt, groß wie seine Motorhaube, immer noch nicht morsch – und schloss die Augen, um nach den Kühen zu lauschen.

Er arbeitete den restlichen Tag daran, den Zaun zu reparieren. Es war so klar und kalt, dass die Konturen der Bäume ganz scharf waren und die Geräusche Kanten zu haben schienen. Hinter ihm markierte eine lange Reihe neuer, dunkler Pfostenlöcher im toten Gras die Zaunlinie.

Als er später den Draht von Pfosten zu Pfosten spannte, waren nur das Knarren von Ästen im Wind und die heiseren Schreie der Krähen zu hören. Er blickte zum Himmel, während er arbeitete. Hoch oben flogen drei der schwarzen Vögel eine wütende Attacke auf einen rotschwänzigen Falken, der im dünnen Sonnenlicht seine Kreise zog. Weite Schwingen neigten sich, ein seitliches Gleiten; er wich elegant aus, unbeeindruckt.

* * *

Nach einer Woche fühlten sich die Cowdex-Injektionen wie eine Formalität an. Osby kam vorbei, um sich neben den Stier zu setzen und ihm Gesellschaft zu leisten. Vor ein paar Tagen hatte er angefangen, mit ihm zu sprechen; zuerst hatte er nur geflüstert und sich dabei immer wieder nervös umgesehen. Jetzt setzte er sich auf den kalten Boden, die Arme um die Knie gelegt, und erzählte dem Stier von dem Scheck, den er am Vorabend für *Save the Children* ausgestellt hatte. »Zweihundert Dollar«, sagte er kopfschüttelnd. Er sagte dem Stier, dass er wisse, dass das verrückt war, dass sein Vater wahrscheinlich schon auf dem Weg vom Friedhof zu ihm sei, wiederbelebt durch das Ausmaß der Dummheit seines Sohnes, dass er, wenn er unbedingt etwas weggeben musste, jemandem in Eads County hätte helfen können statt am anderen Ende der Welt. Es fühlte sich gut an, es laut zu sagen: Jemandem helfen.

»Kleine asiatische Babys«, sagte er zu dem Stier. »In China. Korea. Vietnam. Hunderttausende. Die verhungern.«

Der Stier betrachtete ihn mit kraftlosen Augen. Geistesabwesend pickte Osby ein Maiskorn aus dem Gras und legte es in den Schlamm vor der Schnauze des Stiers. Seine lange Zunge leckte es auf.

»Zweihundert Dollar«, sagte er noch einmal und presste einen Atemstoß hervor, der beinahe ein Lachen war.

Der Stier blies Luft und Rotz aus seiner Nase.

Als es zu kalt wurde, um draußen sitzen zu bleiben, stand Osby auf, sagte »Bis dann« und lief den matschigen Hang zu seinem Truck hinauf.

* * *

Das Wetter hatte beschlossen, es heftig gefrieren zu lassen, ausgerechnet an dem Tag, an dem er bis spät abends unterwegs sein musste. Als er von der Farm-Auktion in Ripplemead zurückkam, waren die Bäche und Teiche zugefroren. Er fuhr direkt zur Weide, keine Zeit zum Abendessen, nahm die Brechstange von der Ladefläche des Trucks und machte sich an die Arbeit. Im körnigen Scheinwerferlicht des Sierra sprühten Eissplitter wie Funken von einem Schweißbrenner. Um ihn herum standen die Kühe und starrten, jede einzelne kaum mehr als eine Bewegung im Dunkeln. Eine Stunde vor Mitternacht hatte er noch zwei Bäche und einen Teich vor sich.

* * *

»Wendell«, sagte Osby, als er, gegen die Brust des Stiers gelehnt, seine Gedanken wandern ließ, halb im Traum. An diesem Nachmittag war es ein bisschen wärmer unten im Entwässerungsgraben, wo man vor dem Wind geschützt war. Es war fast schon gemütlich. Die Arme vor der Brust verschränkt, beobachtete Osby eine kleine Wolke, die über den blauen Himmel zog. Der warme Körper des Stiers hob und senkte sich unter ihm. Er entleerte sich: das Platschen von fetten, schweren

Fladen, ein Schwall Urin. Vor drei Tagen hatte Osby begonnen, die Fäkalien wegzuschaufeln. Trotzdem war der Geruch an einem warmen Nachmittag übel.

Wenn eine der Färsen Probleme beim Kalben gehabt hätte, wenn eine von ihnen ihm nur die Gelegenheit gegeben hätte, etwas zu *tun*, dann wäre er nicht annähernd so oft zu dem Stier hinuntergekommen, das wusste er. Er fühlte sich deswegen ein bisschen schuldig. Nach einer Weile schloss er die Augen, genoss die Wärme der Sonne auf seinem Gesicht und die Röte seiner Augenlider, die beinahe zu hell war.

»Wendell«, sagte er noch einmal und merkte plötzlich, dass das die Art von Namen war, die sein Vater einem Stier gegeben hätte.

* * *

Zwei Tage lang fielen Graupel vom Himmel wie alter Regen. In der Mitte des Feldes, das an das Gemeindeland grenzte, rüttelte der Wind am Mineralbehälter; seine Wetterfahne gab dem Druck der Natur nach und drehte das Dach so, dass es den pinkfarbenen Salzblock beschirmte. Ein Pulk von Kühen harrte reglos unter sich wiegenden Bäumen aus, die Kälber pressten sich fest an ihre dem Wind abgewandten Flanken. Jenseits des Zauns, vor dem Wald, verrotteten die vergessenen Heuballen vor sich hin.

* * *

Zwei Wochen nachdem der Stier von Gras-Tetanie befallen worden war, gab die Hydraulik von Osbys Kipplaster während der Arbeit den Geist auf. In der Hoffnung, sich den Weg zu Pfersicks Werkstatt sparen zu können, die beinahe in Narrows war, ganz am anderen Ende des Tales, war er zum Autofriedhof gegangen, der hinter dem Feld lag, das das Old House von seinem Haus trennte. Er versuchte gerade, einen Zylinder aus einem alten Schaufellader auszubauen, als er einen Truck die Straße heraufkommen hörte. Er kannte den kleinen grün-braunen Pick-up mit dem schmutzig-weißen Dach nicht, der in die Auffahrt zu seinem Haus einbog. Und auch nicht den jungen Kerl, der ausstieg: Er war dünn, trug ein Flanellhemd, das ihm am Körper schlotterte, und Jeans, die an der Vorderseite von der Sonne gebleicht waren. Ein buschiger, roter Bart flammte auf, wenn ein Sonnenstrahl ihn traf. Unter einem grünen Hut blinkte eine Brille auf. Der Mann blickte sich um, stieg die Stufen zur Veranda hinauf und klopfte an die Tür.

Osby blieb, wo er war.

Der Typ stieg die Stufen wieder hinunter, spähte um die Hausecke und rief fragend: »Hallo? Hallo?« Einen Augenblick darauf ging er wieder um die Veranda herum, stieg noch einmal die Stufen hinauf, klopfte wieder, rief wieder und kehrte dann zu seinem Truck zurück.

Osby sah zu, wie er einstieg, und wartete darauf, dass er die Fahrertür schloss.

Stattdessen stieg der Kerl wieder aus und ging zur Veranda hinauf. Er hatte etwas in der Hand. Osby erkannte, dass es ein Buch war. Der Typ setzte sich auf die Stufen vor dem Eingang zu Osbys Haus, schlug sein Buch auf und begann zu lesen.

Nach zwei, drei Minuten sprang Osby vom Schaufellader und ging auf die Abkürzung zu, die die Häuser verband. Als er beim Haus ankam, war der Typ schon aufgestanden.

»Hi«, sagte der Typ. »Ich komme wegen des Zimmers.« Er redete doppelt so schnell, wie Osby es gewohnt war. »Ich heiße Tim. Ich habe den Aushang wegen des Zimmers gesehen. Ich hoffe, das ist das richtige Haus. Sind Sie Osby Caudill?«

»Ja.«

»Ich heiße Tim«, sagte der Typ noch einmal, als sie sich zur Begrüßung die Hand reichten. »Ich hoffe, ich störe Sie nicht. Ich meine, ich weiß, es ist mitten am Tag und –«

»Nein, nein«, sagte Osby.

»Es ist wunderschön hier.«

Osby blickte hinüber zu der durchhängenden Veranda; Werkzeuge und Lappen waren über die abblätternden Dielen verstreut, ein paar rostige Gartenstühle standen herum. »Ich wohn schon mein ganzes Leben lang hier«, sagte er.

»Wirklich? Wow. Hier geboren und alles?«

»Ja.«

»Unglaublich.«

Soweit Osby es beurteilen konnte, fand der Typ das wirklich. Osby starrte ihn an; er sah aus wie ein Junge. Er dachte: Dieser Junge will ein Zimmer in meinem Haus mieten.

»Ich bin Student an der Virginia Tech Union«, sagte Tim. »In Agrarwissenschaft. Mache gerade meinen Master. Ich arbeite an einem Projekt, das sich der Verbreitung von Kenaf widmet. Das ist eine Art Getreide, etwa wie ... nun, wie auch immer, es ist jedenfalls Getreide, und ich versuche –«

Osby unterbrach ihn. »Du willst *hier* ein Zimmer mieten?«

Tims freie Hand fuhr hoch zu seinem Bart. »Äh«, seine Finger schwebten vor seinem Kinn, »ich habe da einen Zettel gesehen ... Ich ... Ist es schon vermietet?«

Osby steckte seine Hände in die Vordertasche seines Sweatshirts und überlegte, wie er darauf antworten sollte. Schließlich hatte er diesen Zettel aufgehängt. Und der Junge war so aufgeregt, dass er es nicht fertigbrachte, ihn anzulügen. »Na ja«, sagte er nach einem Augenblick, »im Moment wohnt keiner drin.«

Tim nickte. »Meinen Sie, ich könnte, äh … Wäre es möglich, dass ich es mir einmal ansehe? Nur um … sicher zu sein.«

Wie hätte er sagen können, nein, du kannst es dir nicht ansehen. »Ja«, sagte er. »Komm mit.«

Er stapfte die Treppe hinauf, Tim ging redend hinter ihm her.

»Ich wette, Sie fragen sich, was zur Hölle Kenaf ist«, sagte Tim. Vielleicht hielt der Junge im fahlen Licht eine der Bewegungen, die Osby machte, als er die Treppe hinaufging, für ein Nicken. »Kaum einer der Farmer in der Gegend hat schon einmal davon gehört, aber es ist eine Revolution. Ich meine das ernst. Es wird die Agrarwirtschaft in Regionen wie dieser revolutionieren.«

Oben auf der Treppe drehte sich Osby nach rechts und ging zu dem Zimmer, in dem sein Dad geschlafen hatte, so lange Osby zurückdenken konnte.

»Bauen Sie Getreide an?«, fragte Tim. »Ich habe gesehen, dass das Land hier zum größten Teil Weideland ist.«

»Clendal Veltre unten am Ende der 247 hat Milchkühe«, sagte Osby. »Und Mais, Sojabohnen. Ich hab hier nur Rinder.«

»Sehen Sie, Mais und Sojabohnen«, sagte Tim, »wenn Sie die als Futter für die Rinder anbauen, okay, aber um sie zu verkaufen? Davon kann man nicht leben, oder?«

Osby stieß die Tür zum Zimmer seines Dads auf. »Das ist es«, sagte er.

Tim ging bis zur Türschwelle, blieb stehen und schaute hinein. Osby trat ein Stück zurück und überlegte, was er sagen sollte, wenn es dem Jungen gefiel. Er konnte sich nicht vorstellen, dass es das tat – ein Junge vom College, der Bücher durch die Gegend schleppte und sich neue Arten des Ackerbaus überlegte und so weiter. Das Zimmer war in dem Zustand, in dem sein Vater es hinterlassen hatte: Schlammverkrustete Arbeitskleidung war über den Boden verstreut, auf dem Nachttisch stand eine Lampe, die aus dem Lauf eines Rehs gemacht war, alte Apfelkisten voll älterer Klamotten waren neben der Kommode an der Wand entlang aufgestapelt, auf dem durchhängenden Bett lag ein Kissen mit Sportwagen-Motiv.

Tim ließ nicht durchblicken, ob es ihm gefiel oder nicht. Er redete einfach weiter, während er sich das Zimmer ansah. »Wissen Sie«, sagte er, »Kenaf ist die Getreideart, über die ich meine Abschlussarbeit schreibe; es kommt aus Asien, vor allem aus Indien –«

»Asien?«, sagte Osby und dachte an das kleine Mädchen auf dem Flugblatt. »Korea?«

»Nun, ich glaube, Korea eher nicht«, sagte Tim. »Sri Lanka. In China gibt es ein bisschen. Aber hauptsächlich Indien.«

»Aha«, sagte Osby. Plötzlich schien es ihm unglaublich, dass ein Student der Universität in Coalsberg, jemand, der wusste, was in Ländern wie Indien und China wuchs, in seinem Haus stand, sich das Zimmer seines Vaters ansah und überlegte, es zu mieten.

»Ja«, fuhr Tim fort. »Es ist so, dass wir versuchen, es in den Staaten einzuführen. Es ist ganz anders als das Getreide, das hier angebaut wird – na ja, es sieht ein wenig aus wie Rohrzucker, ein bisschen wie große, äh ... Sie wissen schon ... Cannabis –, aber«, er redete schnell weiter, »es ist beinahe holzig, sehr steif, lange Stängel, und – das ist der Punkt – man kann es für alle möglichen Dinge verwenden, von Papier bis – das ist es, was mich interessiert – zur pflanzlichen Biomasse, die das ganze Land mit eigener, erneuerbarer, umweltfreundlicher, im Inland produzierter Energie versorgt.«

Osby nickte nur, aber er passte genau auf. Allerdings achtete er nicht darauf, was der Junge sagte, sondern darauf, wie enthusiastisch er dabei wurde. Wie das wohl sein muss, sich so zu fühlen, dachte Osby. Tim redete über Karbon und die Atmosphäre und irgendetwas über das Zeitalter der Dinosaurier. Osby sah ihm eher zu, als dass er zuhörte. Seine Hände flogen nur so durch die Gegend. Er konnte kaum stillstehen. Seine Augen sahen aus, als ob sie von irgendetwas besessen wären, das Osby völlig fremd war, total verschieden von dem, was in ihm sein mochte. Dieser Junge, dachte er, denkt, dass er die Welt retten wird. Über so etwas lachten die Leute in der Gegend um Eads County gerne, aber Osby kam es eher wundersam vor. Was ihm unwahrscheinlich erschien, war weniger, dass dieser Junge irgendetwas davon wirklich tun könnte, sondern eher, dass er glaubte, es zu können. Er glaubte wirklich daran, dass irgendeine Haschpflanze aus Indien in Amerika Kohle und Öl ersetzen würde.

Es schien Osby, als habe er selbst nie etwas gedacht, was auch nur annähernd so groß war. Hier war er, dachte er bei sich, und steckte einen Scheck in die Post, um einem kleinen asiatischen Kind zu helfen, half einer Kuh, ein Kalb zur Welt zu bringen, das ein Jahr später sowieso sterben würde, versuchte, einen Stier mit nur einem Hoden am Leben zu halten. Und schaffte nicht einmal das.

»Die Klamotten und die anderen Sachen gehören ja wohl jemand anderem, aber die Möbel würden drinbleiben, oder? Weil ich nämlich tatsächlich meine ganzen Sachen hinten im Truck drinhabe.« Tim lachte verlegen. »Ich habe drüben in Whistler's Meadow gewohnt.«

Osby hatte den Kommunarden, die auf diesem seltsamen Anwesen in der Nähe von Narrows an der 42 lebten, höchstens einmal zugenickt; er glaubte nicht, dass er jemals mit einem von ihnen gesprochen hatte.

Tim musste es seinem Gesicht angesehen haben, denn er sagte schnell: »Ich habe nur auf ihrem Land gezeltet. Sie hatten nichts dagegen, dass ich dableibe, bis ich, na ja, was gefunden habe. Glauben Sie, ich meine, wenn es für Sie okay ist, wenn Sie noch niemand anderen haben oder so, meinen Sie, dass ich heute einziehen könnte?«

In dem Moment wusste Osby nicht, wie jemand wie er jemandem wie Tim etwas ausschlagen könnte.

»Ich würde die Klamotten nicht anrühren«, sagte Tim. »Ich meine, wem auch immer die gehören – wenn das Ihre Sachen sind oder so, die Klamotten und diese Sachen, dann könnten wir sie irgendwann hinausräumen, wenn es Ihnen passt, wissen Sie?« Er lachte wieder. »Mann, ich bin es so leid, auf dem Boden zu schlafen.«

»Ja«, sagte Osby. »Ist okay.«

»Großartig. Das ist wirklich großartig. Danke.«

»Klar.«

Tim schien auf etwas zu warten. Osby versuchte sich immer noch vorzustellen, wie es wäre, mit jemand anderem als seinem Vater zusammenzuleben. »Äh«, sagte Tim, »was hatten Sie sich denn als, na ja, Miete vorgestellt?«

Osby spähte in das Zimmer, als ob eine genauere Vorstellung seiner Dimensionen ihm helfen könnte, die Höhe der Miete festzulegen. Alles, an was er denken konnte, waren Tims Pflanzen und Indien und China und solche Dinge.

»Zweihundert«, sagte er schließlich und dachte an das kleine Mädchen auf dem Flugblatt und den Scheck, den er in die Post gesteckt hatte.

* * *

Osby brauchte eine Weile, um den hydraulischen Zylinder des Kipplasters auszutauschen. Dann verteilte er die letzte Fuhre Schotter, während es dämmerte; die grauen Steinsplitter auf der neuen Einfahrt der Worleys hielten das Licht länger fest als die Felder und der Garten. Als er nach Hause kam, erstrahlte das Haus, wie er es noch nie gesehen hatte: Die Fenster im Obergeschoss waren erhellt; ebenso die im Erdgeschoss; selbst auf der Veranda brannte Licht. Die Spurrillen der Auffahrt schienen an den falschen Stellen zu verlaufen. Osby lauschte dem Kratzen des Unkrauts an der Unterseite des Trucks, als würde er das Geräusch zum ersten Mal hören.

Als er aus dem Führerhaus geklettert war, hielt er plötzlich inne. Seltsame Musik drang aus dem Haus, indisch oder arabisch oder vielleicht sogar die Art Musik, die sie in Korea spielten. Er trat ein paar Schritte zurück und blickte hinauf zum Schlafzimmerfenster seines Vaters. Dort drinnen sang eine Frau in einer Sprache, die klang wie eine gänzlich neue Art, Töne hervorzubringen.

Selbst das Knarren der Bäume schien ihm aus einem anderen Wald am Fuße eines anderen Bergrückens zu kommen. Es war beinahe, als würde er einen Film sehen, nur dass die Leinwand um ihn herumgewickelt war. Er blickte hoch zum Himmel. Die Sterne, bewegungslos und weit entfernt wie immer, hatten sich nicht verändert. Im Schlafzimmer seines Vaters durchquerte eine Gestalt den gelb leuchtenden Fensterausschnitt, nur eine dunkle Silhouette, irgendein Mann, irgendeine Person, in irgendeinem Fenster von irgendeinem Haus. Nur dass es Osbys war.

Die Temperatur war gesunken – er schätzte, dass es etwa zehn Grad minus sein mussten. Ein Windstoß traf sein Gesicht. Er wäre gern hineingegangen, hätte Kaffee gemacht, seine Thermoskanne mit auf die Weiden genommen. Stattdessen ging er zügig zu seinem Pick-up zurück, als fürchtete er sich vor dem Licht, das von der Veranda fiel. Der Truck des Jungen kauerte neben seinem, die Heckklappe und das hintere Fenster waren geöffnet. Er sah leer aus. Osby fragte sich, was für Dinge wohl ins Zimmer seines Vaters geräumt worden waren.

Es dauerte zwei Stunden, das Eis auf den Bächen und Teichen aufzubrechen, die fünf Heuballen aufzuspießen und sie auf den Weiden abzurollen und kurz nach den Herden zu sehen. Als er das letzte Gatter zugeworfen hatte, lehnte er sich dagegen, die kalten Hände auf der eisigen Querstange, und überlegte, was er sonst noch tun könnte, um nicht nach Hause gehen zu müssen. Whistler's Meadow, dachte er. Sie hatten vor ein paar Jahren Don Demastus' Farm gekauft und daraus das gemacht, was sie kommunales Wohnen nannten, eine Wohngemeinschaft. Er überlegte, was das bedeuten mochte. Es hatte Zeiten gegeben, da hatte er, wenn er an dem weitläufigen Gelände vorbeifuhr, einen Drang in sich gespürt, ein Verlangen, so stark, dass es ihn ängstigte: das Verlangen, berührt zu werden – an der Schulter oder an der Wange oder sonst irgendwo – von der Hand eines anderen Menschen. Natürlich wusste er, dass es nichts verändert hätte. Die Rücklichter des Trucks färbten seinen Rücken rot, malten seine Silhouette vor ihm in das gerötete Gras.

Er fragte sich, was der Junge in seinem Haus gerade tat. Wahrscheinlich machte er sich Abendessen. Sein Magen knurrte. Was würde ein Junge wie er wohl essen? Wahrscheinlich vegetarisch. Blätter und Gras. Plötzlich wusste er, dass seine Küche nach indischem Essen riechen würde, wenn er nach Hause kam, wie auch immer indisches Essen riechen mochte. Er stellte sich vor, wie der Junge in Schlappen und Bademantel etwas auf dem Herd kochte. Er sah sich selbst, wie er in der Tür stand und sich unhöflich vorkam, weil er die Stiefel nicht ausgezogen hatte. Der Junge würde ihm vielleicht etwas zu essen anbieten. Während sie seltsames Essen ohne Fleisch aßen, würde der Junge ihm alles über seine Pläne erzählen, mit Gewächsen aus Indien die Welt zu retten.

Osby stieß sich vom Gatter ab, es schepperte, und er fuhr die vierzig Minuten in die Stadt.

* * *

Im *Buttercup* waren alle Tische frei bis auf zwei. Die wenigen Gäste grüßten Osby, als er hereinkam. Ein Nicken, ein kurzes Hallo. Dann fuhr Gary Huffman fort, seiner Tochter das Essen zu schneiden. Powell und April Aveheart aßen schweigend weiter. Der alte Moses Hamblin konzentrierte sich wieder darauf, seine zitternde Gabel zum Mund zu führen. Osby setzte sich auf einen Hocker am Tresen, mit dem Rücken zum Raum, und bestellte das Tagesgericht für 4,95 Dollar. Als es kam, beugte er sich über den Teller, schnitt eine Hühnerleber in der Hälfte durch, nahm sie vorsichtig mit der Gabel auf und aß so langsam wie möglich.

In der Küche schrie Vance. Hazel kam in die Gaststube und setzte ein gezwungenes Lächeln auf; Osby wollte ihr sagen, dass die alten Männer, die jeden Abend herkamen, wahrscheinlich gar nicht zu Abend essen würden, wenn es sie nicht gäbe. Er wollte ihr sagen, dass sie unentbehrlich war. *Unentbehrlich.* Während er an das Wort dachte, war er plötzlich sicher, dass sie ihn nicht einmal hätte hören können, wenn er etwas gesagt hätte.

Behutsam senkte er einen gedünsteten Zwiebelring auf ein quadratisches Stück grüner Paprika, das auf der halben Hühnerleber lag. Die Zwiebeln kosteten fünfzig Cent extra, grüne Paprika noch einmal fünfzig. Er hatte das Gefühl, dass er den gesamten Inhalt seines Geldbeutels hätte ausgeben, sein Bankkonto mit einem Scheck hätte leeren können, und es hätte keine Rolle gespielt.

Als er eine Dreiviertelstunde gegessen hatte und der Kartoffelbrei längst kalt war, fiel ihm ein, dass er vergessen hatte, dem gelähmten Stier das Cowdex zu geben. Er kaute zu Ende. Die Tische waren jetzt alle leer.

Ich hätte ihm gleich eine Kugel hineinjagen sollen, dachte er.

Um 20.30 Uhr schloss das Restaurant. Bis dahin hatte Osby noch drei Pfirsichtaschen mit Eiscreme verzehrt, und an der Art, wie Hazel die Stühle umgekehrt auf die Tische knallte, merkte er, dass er nicht länger willkommen war. In seinem Bauch schwappte es hin und her, als er in den Sierra stieg. Im Licht des Führerhauses spähte er in seinen Geldbeutel: zwei knittrige Dollarscheine. In den Vorder- und Gesäßtaschen seiner Jeans waren zusammen noch eine Vierteldollarmünze, ein Zehn-Cent-Stück und ein Penny.

Im Restaurant hatte er, während er in kalten, breiigen Pfirsichstücken herumstocherte, sein Leben Revue passieren lassen, auf der Suche nach etwas, das er ändern konnte, um für irgendjemanden unentbehrlich zu werden.

Und so schien es nahezu unausweichlich, dass er an dem Schild an der 33 vorbeifuhr und auf den Parkplatz des *C & O* einbog. Er parkte hinten neben dem Müllcontainer und stellte den Motor ab. Stille erfüllte die Luft. Er hörte ein Auto an die Zapfsäulen auf der Vorderseite heranfahren. Ein anderes beschleunigte auf dem Weg aus der Stadt hinaus. Er hatte den Eindruck, dass er mal in die eine, mal in die andere Richtung trieb, aber immer abwärts. Als habe er seinen Truck von der Straße ab und in tiefes Wasser gelenkt. Er zog den Reißverschluss seiner Tarnjacke so hoch, dass der metallene Anhänger vor seinem Kinn baumelte. Windböen rollten über das Dach des Führerhauses.

Um viertel vor zehn scheuchte er sich selbst auf und machte sich, steif vor Kälte, auf den Weg zur Vorderseite des Geschäfts. Seine Beine fühlten sich an, als hätten sie das Laufen verlernt, sein Gesicht geschwollen. Das schrille Bimmeln der Türglocke ließ seine Knie beinahe einknicken. In seiner Brust fühlte sich alles zu eng an.

»Osby«, sagte Deb, als sie aus der Toilette kam, als ob die Tatsache, dass er dort stand, eine große Überraschung war, die jemand hinter dem Rücken hervorgezaubert hatte. »Du kommst grad noch rechtzeitig. Ich wollte eben zumachen und heimgehen.«

»Oh«, sagte er. »Soll ich wieder gehen?«

»Gehen?« Sie sah ihn prüfend an. »Nein, du hast noch fünf Minuten. Hol dir ruhig, was du brauchst. Ich werd mich nicht rausschleichen und dich einschließen.«

Er spürte ihren Blick auf sich, und er war sicher, dass sie den Pulsschlag in seinem Hals sehen konnte – es fühlte sich an, als würde dort die doppelte Menge Blut hindurchgepumpt wie sonst. Er ging einen der Gänge hinunter, nur um sich zu bewegen, und als ihm einfiel, wie sie ihn das letzte Mal zu einem Sandwich ermutigt hatte, steuerte er die Kühlschränke an.

»Diese Fleischbällchen-Sandwiches«, sagte er, als er das Sandwich auf den Tresen legte. »Janice weiß, wie das geht, was?«

»Die macht sie sehr gut.«

Sie tippte den Preis in die Kasse ein, und er wäre fast in Panik verfallen, weil er die Transaktion zu Ende gehen sah und ihm bald nichts übrig bleiben würde, als wieder zur Tür hinauszugehen. »Hey, warte mal«, sagte er. »Ich glaube, ich mach das lieber in der Mikrowelle warm.«

Sie hielt inne und sah ihn eigenartig an. »Ich weiß nicht, ob das warm gut schmeckt.«

»Doch«, sagte er. »Das war echt gut.«

»Die Fleischbällchen?«

»Ja. Du hattest absolut recht.«

»Das hier ist Geflügelsalat«, sagte sie. »Wolltest du Fleischbällchen?«

Er starrte das Sandwich an. »Nein«, sagte er und steckte die Hände in die Jackentaschen. »Ist schon in Ordnung. Das hier sieht gut aus.« Er blickte auf, als suchte er nach Bestätigung.

»Mhm«, sagte sie. »Ich bin ein Fan von Janice' Geflügelsalat.«

Das Lächeln blieb länger auf seinem Gesicht, als er beabsichtigt hatte.

»Das macht dann 3,50 Dollar«, sagte sie.

Da fiel ihm ein, dass er nur noch zwei Dollar und ein bisschen Kleingeld hatte. »Okay«, sagte er. Er zwängte seine dicken Finger in die Tasche, zog den Geldbeutel heraus, öffnete ihn und versuchte, überrascht auszusehen.

»O nein.« Die Wörter schmeckten blechern in seinem Mund. »Ich hab nur noch zwei Dollar. Ich leg das lieber zurück.«

Er sah, wie Deb irgendetwas wahrnahm, wie ihr irgendetwas klar wurde. Ihr Gesichtsausdruck wechselte von verwirrt zu erfreut, direkt vor seinen Augen.

»Ich hab es schon eingegeben«, sagte sie lächelnd.

»Ich weiß. Tut mir leid.« Er griff nach dem Sandwich, aber sie nahm es und steckte es in eine Tüte.

»Ach, komm schon.« Sie tätschelte seine Hand auf dem Tresen. »Ich leih dir ein paar Dollar.«

Er wollte sagen, »Nein, ich hab eh schon gegessen«, aber es war, als sei die plötzliche Spannung in seiner Hand den Arm hinauf in seinen Hals geschossen und habe seinen Kiefer vereist.

»Irgendwer hat einen Flyer über deinen Zettel gehängt«, sagte sie und nahm ein paar Scheine aus ihrer Geldbörse. »Aber ich hab ihn wieder so aufgehängt, dass man ihn auch sieht.«

»Danke.«

»Mhm.«

Er gab ihr seine letzten zwei Dollarnoten, und sie rechnete ab.

»Hast du wen gefunden?«

»Ja. Er wird den Ackerbau hier verändern. Es wie in Indien machen. Das ist sein Ding.«

»Er ist schon eingezogen?« Sie schien ihm die Tüte mit dem Sandwich nicht geben zu wollen.

»Lässt wahrscheinlich grad seine indische Musik laufen.«

Sie lachte, und er lächelte, obwohl er es gar nicht witzig gemeint hatte.

»Gut«, sagte sie, als sich wieder Stille um sie gelegt hatte, »und was machen wir jetzt?«

Er dachte zum ersten Mal, als habe er es gerade erst bemerkt: Das ist eine Frau, mit der ich da rede. Eine

Frau. Mit einem hübschen Lächeln und kleinen Zähnen, den kleinsten, die er je gesehen hatte. Seine eigenen Zähne fühlten sich wie große Holzklötze in seinem Mund an.

»Hey«, sagte Deb, mit plötzlich ganz weicher Stimme, »du kennst dich nicht zufällig mit Propangas aus, oder?«

»Na ja ...«

»Ich komm mit diesem Gastank bei meiner Schwester noch nicht so ganz klar. Das Gas will irgendwie nicht richtig raus. Es kommt überhaupt kein heißes Wasser.«

»Oh«, sagte er. »Hast du nachgeguckt, ob der Tank voll ist?«

Sie nickte und stand auf, stellte sich ganz gerade hin und verschränkte die Arme vor der Brust. »Hey«, sagte sie noch einmal. »Würdest du vielleicht mit rüberkommen und mal nachsehen?« Ihre Stimme wurde am Ende des Satzes etwas brüchig, und sie redete schnell weiter. »Ich könnte dir was zu essen machen. Wenn du noch nicht gegessen hast. Du hast bestimmt schon zu Abend gegessen. Ich vergesse immer, dass es schon so spät ist, wenn ich was esse, weil ich dann erst von der Arbeit komme, also wahrscheinlich später als die meisten anderen Leute.«

Jemandem etwas zu reparieren schien ihm in dem Moment eine fantastische Idee. Wenn er ihr heißes

Wasser zum Fließen brachte, dachte Osby, würde er an diesem Abend glücklich nach Hause gehen.

»Nein, nein.« Er senkte den Blick. »Ich hab noch nichts gegessen.«

Auf der Toilette des Geschäfts frischte Deb Rouge, Eyeliner und Puder auf. Durch die Tür konnte sie deutlich hören, wie er nervös den Reißverschluss an seiner Jacke hoch- und runterzog. Sie hatte zum letzten Mal ein Date gehabt, bevor sie verheiratet war; fast dreißig Jahre war das inzwischen her. Sie konnte sich daran erinnern, wie sie im Spiegel ihr Make-up aufgefrischt hatte, fast wie jetzt, nur dass Greg vor der Toilette des Kinos gewartet und kaltes Popcorn gegessen hatte. Damals hatte sie noch nicht gewusst, dass der Geruch seiner Haut ihr nach zwanzig Jahren Ehe Übelkeit verursachen würde. Jetzt sah sie ihr fünfzigjähriges Gesicht im Spiegel an; es sah aus wie ein Gesicht, das etwas dazugelernt hatte.

Sie dachte an Sex, um sich zu beruhigen. In letzter Zeit hob das immer ihre Stimmung. Sie hatte sogar *Playgirl* abonniert. Greg hatte die letzten drei Jahre ihrer Ehe nicht mehr mit ihr geschlafen. Sie hatte seit fast vier Jahren keinen Sex mehr gehabt. Vor ein paar Monaten hatte sie Hitzewallungen bekommen. Eine alte Frau, dachte sie. Eine vertrocknete alte Frau.

»Nein, meine Liebe«, flüsterte sie dem Spiegel zu.

Aber im Hinterkopf fragte sie sich, ob sie jetzt

irgendein Gel brauchen würde. Vielleicht hatte ihre Schwester welches im Badezimmerschrank.

Das könnte das letzte Mal sein, dass sie Sex hatte. In ihrem Alter waren die Gelegenheiten nicht sehr reichlich. Vielleicht, dachte sie, kommt er wieder, wenn ich alles richtig mache. Ihr Gesicht verhärtete sich, und sie wühlte kurz in ihrer Tasche nach dem Schweizer Taschenmesser. Greg hatte immer gewollt, dass sie dort unten schön rasiert war. Er hatte gesagt, dass alle Männer das mochten. Sie zerrte die Hose über die Hüften und schob sie hinunter auf ihre Waden. Sie drehte den Wasserhahn auf, tränkte ein Taschentuch in warmem Wasser und reinigte sich. Dann setzte sie sich auf den Toilettendeckel, ließ das Wasser laufen, um das Geräusch der Schere des Schweizer Messers zu übertönen, und schnippelte im Sitzen resolut am Gestrüpp ihres Schamhaars herum.

* * *

Sie fuhren hintereinander über die nächtliche Straße. Osby behielt ihre Rücklichter im Auge und überlegte, was mit ihrem Gas nicht stimmen mochte, mit dem Ventil oder dem Verbindungsstück oder dem Rohr. Vielleicht war etwas verstopft oder eingefroren. Wenn er es hinkriegte, dachte er, würde sie ihn vielleicht das nächste Mal wieder fragen, wenn etwas kaputt war, und danach wieder – wenn es ein Problem mit der Elektrizität gäbe oder irgendetwas mit ihrem Auto nicht stimmte. Er ging im Kopf alles durch, was er über das Innenleben eines Chevy Cavalier wusste. Er würde mehr in Erfahrung bringen, sagte er sich, herumfragen, nachsehen, ob Carl einen alten hinter seinem Haus stehen hatte. Osby stellte sich vor, wie er auf einem Rollbrett unter ihrem Auto liegen würde, mit Schmieröl bespritzt, wie er hervorrollen und sagen würde: »Probier es jetzt noch mal.« Es würde sofort anspringen, und sie würde auf dem Sitz herumhüpfen, während er dastand und sich grinsend die Hände am Overall abwischte. »Ich weiß nicht, was ich ohne dich täte«, würde sie sagen.

Als er den Truck in ihre Einfahrt lenkte, stellte er sich vor, wie er ihr Dach neu deckte, eine neue Toilette installierte (eine von denen, die superleise spülten), einen gebrauchten Videorecorder so herrichtete, dass sie ihn direkt anschließen konnten.

Er achtete kaum darauf, was sie sagte, als sie ihn die Treppe hoch (eine Stufe war morsch und musste ersetzt werden) und in ihr Haus führte (die Sprungfeder der äußeren Tür war kaputt, und er musste sie hinter sich zuziehen). Drinnen suchten seine Augen die Umgebung ab, als sie das Licht einschaltete. Er stand mitten im Wohnzimmer und plante Renovierungsarbeiten und Ausbesserungen, während sie in die Küche ging und ihnen ein Bier holte. Er war so aufgedreht, dass er sich zweimal bedankte, als sie das Bier auf den Wohnzimmertisch vor ihm stellte. Dann streckte sie den Arm aus, nahm seine Hände in ihre, und alles blieb stehen.

Er sah sie an. Sie wirkte kleiner. Seine Hände fühlten sich riesig an in ihren, wie große Fleischstücke, die nichts mit ihm zu tun hatten.

»Du musst am Verhungern sein«, sagte sie und blickte ihm fest in die Augen. »Ich bin es jedenfalls.«

Er nickte.

»Ich mach uns sofort was. Magst du Nudeln? Die gehen schnell.«

Der Gedanke, dass sie kochen musste, deprimierte ihn. Er wünschte, dass sie sich setzen und ihn das Abendessen für sie machen ließe.

»Ich kann Nudeln kochen«, sagte er.

Sie lachte und stubste ihn in Richtung eines großen braunen Sessels. »Setz dich einfach und genieß das Bier, okay?«

»Ist gut«, sagt er. Der Sessel ächzte, und das Vinyl plusterte sich neben seinen Hüften auf.

Sie öffneten die Bierdosen.

»Ich steck schon den ganzen Tag in diesen Klamotten«, sagte sie. »Ich zieh sie schnell aus und zieh was über, was sich nicht nach Arbeit anfühlt, okay? Du bleibst schön sitzen.«

Er sah ihr zu, wie sie den Korridor hinunterging und in einem Raum verschwand.

Osby nahm einen großen Schluck Bier und stellte die Dose auf dem Tisch ab. In der Küche machte der Kühlschrank klickende Geräusche. Er lauschte seinem Summen. Vielleicht, dachte er, irrte er sich in Bezug darauf, was sie vorhatte. Vielleicht machte er sich falsche Vorstellungen. Er versuchte sich selbst davon zu überzeugen, versuchte sich vorzustellen, wie sie in Pantoffeln, Jeans und einem dicken, flauschigen Pulli aus dem Schlafzimmer kam. Sie könnten sich zusammen an den Tisch setzen und essen, und dann würde er nach hinten gehen und herausfinden, was mit ihrem Gas nicht stimmte. Schließlich, sagte er sich selbst, hatte sie doch nur seine Hände gehalten. Jede Menge Leute halten die Hände anderer Leute, ohne dass es etwas zu bedeuten hat. Er schaute auf seine Hände. Er hatte sie auf den Armlehnen zu Fäusten geballt. Er streckte die Finger aus und wischte die Handflächen an seinen Jeans ab, aber sie fühlten sich immer noch heiß und klebrig an, also stand er auf und trottete durch den Raum zum Waschbecken in der Küche. Erst als er die Seife wieder in die Schale legte, merkte er, dass das Wasser warm war.

Er hörte eine Tür aufgehen, und sie trat aus dem Zimmer ins Licht des Korridors; ein pinkfarbener Teddy bedeckte nur eben so ihre Hüfte. Das Wasser trommelte ins Waschbecken. Als sie ins Wohnzimmer kam, schob sie eine Hüfte ein wenig vor, ließ ihre Hände daran hinabgleiten und blickte Osby an. Ihre Finger zitterten. Das vorsichtige Lächeln auf ihren Lippen ließ sie bloß ängstlich aussehen. Osby wollte mehr denn je alles für sie reparieren, aber alles, was er tun konnte, war, nach dem Hahn zu greifen und das Wasser abzudrehen.

Die darauffolgende Stille war schlimmer.

»Und?«, sagte sie mit zittriger Stimme, bemüht, das Lächeln zu halten. »Ist das okay?«

»Mhm«, machte er leise.

Sie sah aus, als wollte sie die Arme um ihn legen, aber stattdessen berührten sich ihre Hände, und sie verschränkte sie. »Was ist denn?«, fragte sie.

Weit unten an der Straße stöhnte der Motor eines Autos leise auf; das Geräusch wurde lauter, näherte sich zügig, entfernte sich und versank wieder in der Nacht. Als es beinahe verstummt war, sagte Osby: »Ich sehe besser mal nach dem Gas.«

Er durchquerte den Raum, öffnete die Tür und zog sie leise hinter sich zu. Draußen hatte es zu schneien begonnen. Er ging die Treppe hinunter und zu seinem Truck. Als er sicher im Führerhaus saß, gestattete er sich einen Blick auf den Wohncontainer. Hinter allen Fenstern brannten Lichter, und hinter einem von ihnen konnte er sie noch stehen sehen. Irgendwo in der Dunkelheit gurgelte ein Bach. Er übertönte das Geräusch mit dem Motor des Trucks, setzte zurück auf die Straße und sah die weißen Flocken rot in seinen Rücklichtern aufglühen, als wollten sie sich für etwas anderes als Schnee ausgeben.

Als er wieder auf der Route 33 war, fiel der Schnee rasch und dicht, und im Scheinwerferlicht des Trucks war nichts zu sehen als weiße Schneetupfer inmitten von Millionen weiteren. Es kam ihm vor, als wären sie ebenso heftig gegen die Windschutzscheibe geflogen, wenn er angehalten hätte. Das Einzige, woran er sah, dass er in Bewegung war, waren die Spuren auf der Straße vor ihm. Lange Zeit achtete er auf nichts anderes. Nach einer Weile hatte er das irritierende Gefühl, dass er gar nicht den Spuren folgte. Sie kamen auf ihn zu. Er nahm beinahe die Hände vom Lenkrad. Er bezweifelte, dass es einen Unterschied machen würde. Der Truck würde auch ohne sein Zutun den Spuren folgen. Die Gangschaltung wirkte lächerlich. Dass es überhaupt Pedale gab, schien albern, die endlose Bewegung der Scheibenwischer sinnlos.

Zu Hause brannte nur noch das Licht auf der Veranda: ein schwacher gelber Klecks hinter einem Schleier aus Schnee. Er stieg die Stufen hinauf und klopfte den Schnee nicht von den Stiefeln ab, weil er den Jungen nicht wecken wollte. Drinnen war es heiß. Als Osby in die Küche schlich, sah er, dass der Holzofen glühte, das Gusseisen leuchtete in einem feurigen Rot. Der Junge hatte ihn zu voll gestopft, hätte das Haus abbrennen können. Osby stand in der dunklen Küche. Es schien ihm zu dreist, das Licht anzumachen, in einem Haus, das nicht länger nur seins war. Er schlich zum Waschbecken, öffnete das Schränkchen, nahm die Taschenlampe heraus und klopfte damit gegen seine Handfläche, bis sie anging. Langsam ließ er den Strahl durch den Raum wandern. Die Teller waren alle gewaschen und trockneten im Ständer. Die Reihe von Dosen war verschwunden. Der Tisch war leergeräumt bis auf ein Stück Papier.

Der Umzug hat super geklappt. Dachte, ich
räume mal ein bisschen auf. Hoffe, das ist okay.
Hab Essen gemacht – im Herd steht ein Teller.
Sieht aus, als würden Sie lang arbeiten. – Tim

Der Junge hatte den Backofen auf 65 Grad angelassen. Der Teller war warm: Schweinekoteletts, angebratener Kohl und Zwiebeln, Kartoffeln. Osby schob es auf der Schiene zurück und schloss die Klappe. Von oben kam ein Geräusch. Osby schaltete die Taschenlampe aus. Lauschte. Es war wohl nur der Wind gewesen, oder ein Eichhörnchen auf dem Dach der Veranda. Er stand im Dunkeln und betrachtete den glühenden Holzofen.

Draußen wurde der Wind stärker. Er hörte zu, wie er durch die tausend Ritzen ins Haus drängte.

Am Morgen, dachte er, wird der Junge herunterkommen und mir Frühstück machen, und dann wird er zur Universität gehen und seine großartigen Taten vollbringen.

Er öffnete den Reißverschluss seiner Jacke, wischte mit dem Ärmel seine verschwitzte Stirn ab. Das Licht von der Veranda sickerte durch die vorderen Fenster des Wohnzimmers, und als er hineinging, sah er, dass der Schlafsack zu einem aufgeplusterten Viereck zusammengefaltet und sorgfältig auf eine Seite der Couch gelegt worden war. Im oberen Stockwerk, über Osbys Kopf, knarrte das Bett. Es polterte. Panisch dachte er, dass er aus dem Zimmer verschwinden musste, bevor der Junge herunterkam und ihn hier fand. Er versuchte, leiser zu atmen, und wusste plötzlich, dass er nicht auf dieser Couch, in diesem Haus, schlafen konnte. Oben knarrte das Bett wieder, und er spürte, wie sich das Gewicht des Jungen auf der Matratze verlagerte, so deutlich, als stünde er neben seinem Bett. Keine Minute später war Osby wieder auf der Veranda.

Er lief um das Haus herum, den Schlafsack unter den Arm geklemmt; der Wind zerrte an ihm. Schnee sammelte sich auf seinen Augenbrauen und in seinen Haaren, und der Rotz in seiner Nase gefror zu spitzen Zacken. Er konnte keinen Meter weit durch den peitschenden Schnee sehen, aber er war diesen Weg als Kind tausend Mal gegangen, und er kannte das Auf und Ab des Hügels unter seinen Füßen.

Im Old House angekommen, schlug er die Tür hinter sich zu. Das Haus warf das Geräusch von Raum zu Raum. Er schaute nicht hoch zum zweiten Stock, schwang die Taschenlampe nach rechts und versuchte, an nichts zu denken, als er die Küchentür aufstieß. Dem Strahl folgend, ging er zügig auf das Zimmer seiner Großmutter zu, wo ein Bett stand, wo es ruhig war und wo es, wenn er sich recht erinnerte, einen Gasofen gab.

Als er dort war, ging es ihm besser. Zwischen ihm und dem Zimmer, wo sein Vater es getan hatte, lagen zwei geschlossene Türen und eine Treppe. Er stellte die Taschenlampe aufrecht auf einen Beistelltisch. Die Zimmerdecke reflektierte den Lichtstrahl und verteilte fahles, gelbes Licht im Raum. Alles war so, wie er es in Erinnerung hatte: das ordentlich gemachte Bett – er hatte darauf gesessen, als seine Großmutter krank gewesen war, und mit ihr Karten gespielt –, der Geruch nach der schleichenden Fäulnis alter Haut; die Streichhölzer lagen noch auf der Ankleide, in einer kleinen Porzellanschüssel, die mit pinkfarbenen Rosen verziert war. Sie waren trocken, aber er bekam den alten Heizofen in der Ecke nicht an.

Es blieb ihm nur, den klammen Schlafsack auf der

Steppdecke auszubreiten. Er schnürte seine Stiefel auf und zog die Socken aus. Der Läufer fühlte sich unter seinen nackten Füßen rau an, und er konnte Haare des längst verstorbenen Schäferhunds seiner Großmutter spüren. Als er die Decke zurückschlug, stellte er fest, dass das Laken fast bis zur Borte angefressen war. Eine Reihe Mäuseköttel säumte das Kissen, ein paar lagen darauf. Er klopfte es mit der Hand ab, fegte über das Laken und schlüpfte hinein. Der Wind pfiff. Alle paar Sekunden traf eine Bö das Haus und rüttelte an den Fenstern. Der Wind stach durch Ritzen in den Wänden, heulte in den Räumen des Obergeschosses, und Osby lag da und hörte ihm zu. Als der Lichtstrahl an der Decke schwächer wurde, griff er nach der Lampe und schaltete sie aus. Mäuse huschten im Mauerwerk umher. Er schloss die Augen und versuchte zu schlafen.

Zwei, drei, vier Stunden später – die Zeit schien keine Rolle mehr zu spielen – gab Osby auf. Er lag still, sein Gesicht war eiskalt, der saure Geruch seiner Großmutter war so stark, dass die Luft um ihn herum nur noch daraus zu bestehen schien. Eingelullt vom Rhythmus seines eigenen Atems versuchte er sich zu erinnern, ob seine Mutter am Ende auch so gerochen hatte. Er fragte sich, ob dieser Geruch sich unter der Haut seines Vaters versteckt hatte, als er über den Hügel vom neuen Haus zum alten gegangen war, ob er begonnen hatte, herauszusickern, als er die Treppe zu seinem Jugendzimmer hinaufgestiegen war. Als der Gewehrschuss durch das Haus gehallt war, war da der Geruch aus seinem Vater hervorgebrochen wie der gelbe Puder aus den Stinkbomben, die Osby zertreten hatte, als er noch ein Kind gewesen war? Er fragte sich, ob sein Vater ihn wohl an sich selbst gerochen hatte, als er an jenem Tag bei Eula Geller angerufen hatte. Osby hielt seine Finger unter die Nase. Er konnte es nicht sagen. Er drehte die Hand um und umfasste seine frierende Nase, sein Atem dampfte, und plötzlich erinnerte er sich an die Wärme des Atems seines Vaters auf seinem Gesicht.

Am Tag, als sie Osbys Mutter begraben hatten, war sein Vater von der Beerdigung direkt auf die Weiden gefahren. Am Leichenschmaus nahm er nicht teil, und er ließ auch Osby nicht hingehen. Auf der Fahrt nach Hause saß Osby an die Tür des Trucks gelehnt da und starrte seinen Vater zornig an. Cortlands Gesicht war völlig reglos. Osby fand, er sah aus, als würde er darüber nachdenken, wie er es schaffte, dass die Färsen an Gewicht zunahmen, oder ob es an der Zeit sei, die Bullenkälber auszusondern. Wenn sein Vater seine Wut bemerkt hatte, ließ er es sich nicht anmerken; er starrte einfach auf die Straße, dann auf die Schlammspuren, die zu dem Feld hinter dem Old House führten, dann auf das Tor, während er darauf wartete, dass Osby ausstieg und es öffnete.

Eine Wolkenformation hing tief über dem grünen Aprilgras. Sie hatten im Sommer zuvor zweimal Heu geschnitten, und eine Reihe Ballen, drei Ballen breit und zwanzig lang, zog sich an einer verwitterten Scheune entlang. Sein Vater fuhr mit dem Truck um die Scheune herum und rückwärts an die Ballen heran. Aber als er einen aufgespießt hatte, hob er den Dorn nicht an und fuhr auch nicht los. Der Truck brummte im Leerlauf vor sich hin. Sein Vater starrte einfach geradeaus, steif, mit angespannten Schultern, eine Hand aufs Lenkrad gestützt, die andere auf der Fernbedienung, mit der er den aufgespießten Ballen heben konnte. Osby konnte sehen, wie sich die Muskeln in den Fingern seines Vaters anspannten, die blauen Venen hervortraten, die Knöchel weiß wurden. Als sein Vater endlich die Hand von der Fernbedienung nahm, zitterte sie. Sein ganzer Unterarm verkrampfte sich, und er hielt eine Hand mit der anderen fest und drückte zu, bis sie beide ruhig waren.

Eine Minute, vielleicht länger, beobachtete Osby ihn. Cortland seufzte, sah seinen Sohn an. Er versuchte zu lächeln, aber es sah eher wie eine Grimasse aus.

»Nun«, sagte er.

Er streckte den Arm aus und legte eine steife Hand auf Osbys Schulter. Er zog seinen Sohn zu sich heran und küsste seinen Nacken, so fest, dass Osby seine Zähne spürte. Als er sich wieder zurücklehnte, hing der Geruch seines Atems in der Luft und die Stelle in Osbys Nacken war noch immer warm davon.

Einen Augenblick später schwebte der schwere Ballen in die Luft, das Tau ächzte, der Motor des Trucks durchbrach die Stille.

»Nächstes Jahr«, sagte sein Vater, als sie über die Weide ruckelten, »müssen wir das Heu schneller einholen. Dieses Zeug hat verdammt noch mal zu viele Samen verloren.«

Wie er jetzt unter der Decke seiner Großmutter lag,

zusammengekrümmt, um weniger zu frieren, da wusste Osby, warum sein Vater es eilig gehabt hatte, zur Herde zurückzukehren. Diese Kühe waren das Einzige, was von ihm abhängig war, der einzige Teil seines Lebens, den er kontrollieren konnte.

Am Ende hatten sie nicht gereicht. Vielleicht war es das, was sein Vater vor drei Wochen erkannt hatte, am Tag, als er hier heraus zum Old House gekommen war, um sich den Kopf wegzublasen. Vielleicht war ihm schließlich einfach klar geworden, dass es nicht reichte. Wenn es die Herde nicht gegeben hätte …

Nein. Osby setzte sich auf, schob sich am Kopfende des Bettes hoch, die kalte Luft saugte die Wärme aus seiner Brust. Das stimmte nicht. Er zog die Beine zwischen Laken und Matratze hervor. Sein Vater hatte *ihn*.

Osby ließ die ganze Luft, die in ihm war, mit einem einzigen, kurzen Atemstoß hinaus. Deshalb hatte sein Vater bei Eula Geller angerufen. Warum zum Teufel hatte er dort oben auf dem Berg in der Erde gegraben? Warum war Eula Geller nicht schneller gekommen? Warum hatte sie seinen Dad nicht am Telefon aufgehalten? Er hätte zum Haus hinunterrennen können. Er war *gegangen*. Zwei volle Minuten war er gegangen. Er hatte eine halbe Minute vor der Tür Schlamm von seinen Stiefeln gekratzt, bevor er endlich nach drinnen gegangen war und den Hörer abgehoben hatte.

In der von Wind umtosten Stille des Old House hörte Osby, die Handballen gegen seine Schläfen gedrückt, wieder das Summen, das von Kilometern von Draht übertragen wurde, zwischen ihm und der Leere, wo sein Vater hätte sein sollen.

Nach einer Weile hielt er seine Ärmel unter die Nase und rieb erst ein Auge, dann das andere, mit der Handfläche. Ein Schauder lief seine Wirbelsäule hoch, schüttelte seinen Nacken. Er atmete tief ein, dehnte seine Lunge, bis sie schmerzte. Dann stand er auf und tastete in der Dunkelheit die eisigen Dielen nach seinen Socken ab. Sie waren so kalt wie das Holz unter ihnen. Er schnürte seine Stiefel, mit Fingern, die kaum mit seinen Knöcheln zusammenzuhängen schienen, zog den Reißverschluss seiner Jacke hoch, schaltete die Taschenlampe ein.

Er bewegte sich durchs Haus, der Strahl der Taschenlampe fand im Dunkel Stücke von Linoleum, einen umgekippten und zerbrochenen Hundefressnapf aus Keramik, die ausgetretene hölzerne Treppe, bis er auf dem Absatz des zweiten Stockwerks stand, gegenüber der geschlossenen Tür zum Jugendzimmer seines Vaters.

Er stand da, die Finger um den kalten Türknauf gelegt, und hielt die Tür geschlossen, als wollten die Scharniere sie aus eigener Kraft aufschwingen. Über ihm schabte der alte Schuppenrinden-Hickorybaum am Dach des Hauses. Er drückte die Tür auf und ging hinein.

Sein Stiefel stieß gegen etwas: Es war klein und aus Metall. Es rollte und rollte, dann stieß es gegen etwas und blieb liegen. Ihm fiel ein, dass die Kugeln über den ganzen Fußboden verstreut worden waren; sie waren aus der Packung gefallen. Waren die Arme seines Vaters zur Seite gefallen? Hatten seine Beine ausgetreten? Osby fühlte noch eine unter seinem Stiefel. Er hob sie auf und steckte sie in seine Gesäßtasche. Überall blinkten Kugeln. Er hob noch eine auf, und noch eine, bahnte sich langsam seinen Weg durch den Raum und reinigte dabei den Boden.

Als seine Gesäßtaschen voll waren, hörte er auf zu sammeln und lenkte den matten Strahl der Taschenlampe auf den Rest des Raumes: ein paar von der Sonne verschonte helle Flecken auf der Tapete, wo einmal Fotos gehangen hatten, ein paar Jahrmarktbänder, deren Farben vom Staub stumpf geworden waren, ein altes Paar Schuhe, die in einer Ecke lagen, als ob ein Junge sie gerade erst mit einem Tritt dorthin befördert hatte. Osby hob einen Schuh auf. Er war so klein, dass er in seine Hand passte.

Seine Großeltern hatten die Kleidung, aus der sein Vater herausgewachsen war, im Schrank hängen lassen, als sie mit der Familie in das neue Haus gezogen waren. Jetzt war sie über den Boden verstreut: Hemden, Schlafanzüge, Hosen, Jacken. Auf dem Bett lag keine Matratze mehr, also hatte sein Vater die Kleidungsstücke aus dem Schrank genommen und sie sorgfältig auf dem Boden verteilt, um das Blut aufzusaugen. Osby hatte ihn so vorgefunden, wie sein Vater es geplant hatte, den Inhalt seines zerschmetterten Schädels in einen Haufen zusammengeknüllter Kinderkleidung geleert.

Osby bückte sich und berührte ein kleines, dünnes Hemd. Es war steif vor Blut. Er hob es vorsichtig vom Boden auf, trug es zum Schrank und hängte es auf einen Haken.

Als er fertig war, war der Schrank halb voll, und der Boden war wieder frei. Wo das Blut durch die Kleidung gesickert war und unter den drahtigen Sprungfedern der leeren Wiege, wo die Kugel Stücke von Knochen und Gehirn verteilt hatte, waren die Holzbohlen noch blutbefleckt. Die Taschenlampe war jetzt wenig mehr als eine schwach glimmende Glühbirne, der Strahl beinahe erstorben, als er auf den Boden auftraf und hier und dort Metall aufleuchten ließ. Einer der Leuchtpunkte, wusste Osby, war die Ruger. Der Schlag musste das Gewehr durch den Raum geschleudert haben. Er bahnte sich vorsichtig seinen Weg zu der schwarzen Masse der Wand, kniete sich hin und fuhr mit den Händen über den Boden, bis er den kühlen Lauf berührte. Als er sie aufhob, fühlte sie sich zu leicht an. Es schien ihm, als ob ein Ding, das getan hatte, was sie getan hatte, schwerer sein, seine Unterarme anstrengen müsste. Aber es war nur ein Gewehr.

Der Hickorybaum wurde gegen das Haus geschüttelt. Die zwei Vierecke, die die Fenster in die Mauer rissen, wurden allmählich grau. Osby war froh, dass das Zimmer seines Vaters nun ordentlich war. Als er dort stand, sein Körper ruhig und entspannt, überlegte er, was er sonst noch zu tun hatte. Er nahm das Gewehr in die andere Hand, während er aus dem Zimmer ging und dem Geräusch seiner Stiefel nach jedem Schritt völlige Stille folgte.

Draußen hatte es aufgehört zu schneien, und der Himmel war eine einzige graue Scheibe. Die Berge waren nur entfernte, schummrige Formen, die nicht mehr und nicht weniger solide wirkten als der Himmel hinter ihnen.

An seinem eigenen Haus angekommen, ließ Osby die Ruger mit einem dumpfen metallischen Geräusch auf den Küchentisch fallen. Es war ihm egal, ob der Junge aufwachte oder nicht. Er ließ das Wasser laut ins Waschbecken prasseln und wartete darauf, dass es warm wurde. Nach einer halben Minute war es immer noch kalt. Er spürte die eisige Kälte in seinen Fingern, spürte, wie es dem Blut in seiner Hand die Wärme entzog. Es machte ohnehin keinen großen Unterschied, dachte er und öffnete eine Packung Cowdex. In den paar Minuten, die er drinnen gewesen war, war es heller geworden, und als er in den Truck kletterte, konnte er die Wolken über den Himmel ziehen sehen; manche hingen in Strängen herab wie Wolle an den Rändern einer aufgetrennten Decke. Der Motor blies ein Loch in das Heulen des Windes. Er setzte zurück und fuhr am schneebedeckten Pick-up des Jungen vorbei, in Richtung des nördlichen Feldes.

Er schaltete das Licht nicht an. Die nächtlichen Böen hatten die Weiden bis auf ein paar Zentimeter vom Schnee befreit; der Rest lag gegen den Zaun aufgetürmt. Die Reifen des Trucks hinterließen lange, dunkle Furchen. Als er dieWagentür öffnete, riss ein Windstoß sie ihm beinahe aus der Hand. Die Kälte drang durch seine Kleidung, als er quer über das Feld lief, die Glasflasche mit dem Cowdex in einer Hand, das Gewehr in der anderen. Er hörte nichts außer dem Getöse des Windes und dem Knirschen seiner Schritte auf der dünnen Schneeschicht, die nicht weggeblasen worden war und das Land zwischen den Schneeverwehungen bedeckte. Der kastrierte Stier beobachtete ihn mit einem einzelnen, unbeweglichen Auge, als er näherkam, aber er hob nicht den Kopf, schnaubte nicht einmal. Kälteschauer liefen über seinen ganzen Körper. Es lag etwas Schreckliches in den unwillkürlichen Bewegungen der Muskeln unter seiner Haut.

Der vom Wind geschützte Entwässerungsgraben

war still, gespenstisch. Osby hörte den angestrengten Atem des Stiers und das Arbeiten seiner eigenen Lunge. Er stellte das Glas mit dem Cowdex ab, ließ den Katheter in den Schnee fallen, eine lose Spirale, wie eine tote Schlange. Er blickte dem Stier ins geweitete Auge und kam sich wie ein Dummkopf vor, weil er die Arznei mitgebracht hatte. Ein schwacher, sentimentaler Dummkopf. Sein Nacken versteifte sich vor Ärger. Der alte Mann hätte sich voller Ekel abgewandt. Mein Gott, hätte er gesagt, jag ihm doch einfach eine Kugel rein.

Das helle Klicken des Abzugs der Ruger ließ alles danach leiser erscheinen. Osby wühlte in seiner Gesäßtasche. Auf seiner Handfläche, die vor Dreck grau war, glitzerte die Kugel wie etwas Wertvolles, beinahe Erlesenes. Ich habe noch genug Kugeln, dachte er, ließ sie in die Kammer gleiten und verriegelte den Lauf.

Dunkle Klumpen von Mist klebten am Hinterteil des Stiers, lagen in einem gefrorenen Haufen unter seinem Schwanz. Nur direkt an der Flanke, dort, wo es gerade herausgekommen war, war es noch weich. Ein Ring rötlich-brauner Erde umgab den Stier, wo seine Körperwärme den Schnee hatte schmelzen lassen. Osby versuchte, nicht dort hinzusehen – es ließ seine Wirbelsäule weich werden. Als er das Gewehr hob, zitterte die Spitze des Laufs. Er fragte sich, wie sein Vater es geschafft hatte, die Waffe ruhig genug zu halten, ob er das Metall unter sein Kinn hatte klemmen müssen. Das schien beinahe schlimmer als alles andere, dass die letzte Berührung der Druck eines harten, kalten Randes gegen weiche Haut war.

Nun, dachte Osby, so sieht's also aus.

Er setzte den Lauf am Schädel des Stiers auf, dessen Auge kein einziges Mal von Osbys Gesicht wich. Osby presste die Luft aus seiner Lunge, in der Hoffnung, dass seine Hände aufhören würden zu zittern, wenn es ihm gelänge, die Schultern ruhig zu halten.

Ein Plätschern durchbrach die Stille. Der Stier urinierte lange; dort, wo der gelbe Strahl auf dem Boden auftraf, schmolz der Schnee augenblicklich, und zurück blieb eine dunkle Linie. Osby starrte den aufsteigenden Dampf an. Es schien ihm plötzlich unglaublich zu sein, dass ein Körper etwas so Warmes hervorbringen konnte, dass er wirklich eine solche Hitze in sich tragen konnte. Er betrachtete den trüben Nebel, der aus dem Maul des Stiers aufstieg, und dann senkte er das Gewehr.

In dem Moment wusste er, dass es vorbei war. Wenn er einfach den Abzug durchgedrückt hätte, dann hätte er nach Hause fahren und in der stillen Küche Frühstück machen können, zufrieden, im Wissen, dass er etwas getan hatte, das nicht mehr rückgängig zu machen war, dass er einem anderen Wesen sein Zeichen eingebrannt hatte, so tief, wie nur irgendjemand, selbst Gott, es konnte. Aber das hatte er nicht.

Er wünschte, der Truck stünde nicht dort hinter ihm auf der Weide. Es schien ihm falsch, ihn dort zu lassen, wo er den sauberen Schnee verunzierte. Es war ihm auch zuwider, dass er es jemand anderem überlassen musste, den Stier zu begraben. Er fragte sich, was mit dem Haus passieren würde, ob es wie das Old House enden würde, die Räume vollgestopft mit Heu oder Säcken voller Dünger, Autobatterien und Rinderarznei auf den Treppen. Er hatte ein schlechtes Gewissen wegen des Jungen; er würde wieder umziehen müssen. Osby blickte auf das Glas mit dem Cowdex und den Katheter im Schnee, dann auf den Stier, der zurückblickte. Die Flüssigkeit würde inzwischen so kalt sein, dass sie ihn töten würde, sobald sie sein Herz erreichte. Das schien für alle die einfachste Lösung zu sein.

Osby lehnte das Gewehr gegen einen zugeschneiten Felsblock. Er spannte den Hals des Stiers und kniete sich auf das feste Fleisch. Osby spürte die plötzliche Wärme durch seine gefrorenen Jeans. Eine Sekunde lang betrachtete er die pochende Halsschlagader. All die Zeit, die er in dem Entwässerungsgraben mit dem Stier verbracht, mit ihm geredet hatte, dass er ihm einen Namen gegeben hatte – jetzt schämte er sich dafür. Er sagte nicht Lebewohl, stach nur die Nadel hinein. Das Auge des Stiers trat hervor. Der Muskel unter Osbys Bein zuckte einmal. Er hob die Flasche hoch, wollte, dass die Flüssigkeit rasch hineinlief, wollte es schnell beenden.

Und dann wurde Osby vom Boden gehoben. Die Masse aus Muskeln und Fleisch unter ihm schoss nach oben, drückte gegen seine Brust, der feuchte, heiße Geruch so nah, als würde er an den Innenseiten der Rippen schnuppern. Sein Knie wurde schmerzhaft unter ihm verdreht, sein anderes Bein fast aus dem Gelenk gerissen. Etwas krachte gegen sein Kinn, und sein Kopf schnellte zurück, schlug auf dem Boden auf, seine Schultern knallten gegen die Erde. Der dunkle Bauch des Tiers war über ihm, Schlamm, Schnee, mit Mist verschmierte Eisstücke regneten herab, ein nasser, warmer Schauer. Es wankte, massig, schwer, Hufe zerrissen den Schlamm um Osby herum – und dann war es verschwunden.

Osby stand auf und erklomm die gefrorene Böschung, seine Hände griffen nach Grasbüscheln, seine Stiefel gruben sich in den Schlamm. Der Wind blies in seine Ohren. Fünfzehn Meter entfernt stürmte der Stier vor und zurück, rutschte im Schnee aus, der Kopf auf dem blutigen Hals schlug wild umher. Er schoss den Berg hinauf, und Osby stieg ihm hinterher. Oben angekommen, blieb er stehen. Die Hände auf den Knien, schwer atmend, sah er den Stier auf der anderen Seite hinunterrasen, sich immer noch windend und wild hin und her werfend. Er schaute ihm nach, bis er nur noch eine kleine braune Gestalt war, die sich über das weite weiße Feld bewegte.

Er richtete sich langsam auf. Der Wind traf ihn so hart, dass er sich anstrengen musste, um seinen Hals davor zu bewahren, nach vorne umzuknicken. Er blies an ihm vorbei den Berg hinunter, trieb sprühenden Schnee vor sich her. Hinter ihm taumelten die Bäume. Er hörte einen Baumstamm krachen, die Explosion brechender Äste, als er fiel, und Osby drehte sich um und stemmte sich in den hämmernden Wind, ließ sich keinen Zentimeter bewegen. Über ihm wurden graue Wolkenmassen aufgewühlt, so nah an der Bergkuppe, dass es schien, als könne er eine Handvoll herausreißen und nach unten holen, wenn er die Hand ausstreckte.

Oben auf Bowmans Ridge färbten sich die äußersten Spitzen der Äste pink. Osby hob die Hände vors Gesicht, blies hinein, um seine kalte Nase und seine Wangen zu wärmen, und suchte nach einem weißen Fleck dort oben zwischen den Bäumen. Um ihn herum waren seine Rinder über die Weiden verstreut, das ganze Tal voll von ihnen, wie sie sich langsam durch den frischen Schnee bewegten. Sie hatten den Boden aufgescharrt, wo er am Tag zuvor das Heu ausgerollt hatte, und die Hänge waren von dunklen, nassen Spuren durchzogen. Nur in weiter Ferne, an seiner nördlichsten Weide, war der Schnee weich und unberührt. Er fragte sich, ob irgendetwas von dem Heu auf dem Gemeindeland noch zu gebrauchen war. Wenn er das verottete Zeug abkratzte, könnte er vielleicht dreißig, vierzig Prozent retten. Am Nachmittag würde er hinüberfahren und nachsehen.